Zoon van de souk

Eerder verscheen:

Brief uit Hollanda

www.leopold.nl

Lydia Rood en
Mohamed Sahli

Zoon van de souk

LEOPOLD / AMSTERDAM

Cette histoire est dédiquée à Abdelkader Sahli,
notre père qui a été toujours là
Dit verhaal is opgedragen aan Abdelkader Sahli,
onze vader die er altijd was

NEDERLANDSE
KINDERJURY
2005

Toegekend door KPC Groep te 's-Hertogenbosch.

Inhoud

De man met de baard

Karima was in de stal toen de poortdeur met een klap tegen de muur sloeg. Ze schrok. Wie was daar? Het was nog niet eens licht...

Ze kwam overeind van haar melkkrukje, dat in het stro viel, en ging haastig op de binnenplaats kijken. Toen schrok ze nog erger. Was het een geest, die daar met uitpuilende, rode ogen dreigend in de poort stond? Want het kon toch niet écht haar vader zijn, hier, nu... En die baard – haar vader hád geen baard!

'Karima!' Met grote stappen liep de man op haar af. Ja, het was Hadou. Hij wilde haar in zijn armen sluiten, maar bekeek haar eerst. Hij scheen van gedachten te veranderen en liet zich een eerbiedige kus op zijn voorhoofd geven.

'Je hebt een baard...' zei Karima onzeker. Het was het enige wat ze kon bedenken.

Haar vader knikte kort. Zijn ogen waren roodomrand en de adertjes waren gesprongen. Hij zag er moe uit en hij stonk een beetje.

'Waarom draag je geen hoofddoek? Waar is je moeder? Waar is je broer?'

'*Yema* slaapt nog. Karim is weg, met baas Hmidou mee...' Karima zweeg abrupt. Wist haar vader eigenlijk wel dat haar broer de hele week werkte? Of had haar moeder Hadou al die tijd laten denken dat Karim nog steeds naar school ging?

Het was jaren geleden dat de tweeling hun vader had gezien. Hij werkte en woonde in Hollanda, en het enige dat ze van hem merkten was het bedrag dat hij maandelijks overmaakte, en af en toe een brief. Het was aan hem te danken dat ze niet langer in het gehuchtje in de bergen woonden waar ze waren geboren, maar hier in Souk el Khamiss, de marktplaats waar de school was. Voor Karim waren ze hier komen wonen, zodat hij niet elke dag uren zou hoeven lopen en meer tijd zou hebben voor zijn huiswerk. En voor hun moeder, die ziek was en beter dicht bij de dokter zou kunnen wonen. Maar Karim was van school gestuurd en had lange tijd alleen maar kattenkwaad uitgehaald – en dat was nog zacht uitgedrukt. Nu had hij een baan bij een groenteboer die de marktplaatsen afreed. Maar dat had hun moeder misschien niet aan hun vader laten weten. Ze waren alle drie een beetje bang voor Hadou.

En nu stond hij plotseling in hun huis! Ze hadden hem niet eens verwacht.

'*Baba*... ik zal thee voor je maken...'

Haar vader duwde haar opzij en beende in de richting van de kamer waar Karima en haar moeder sliepen – nee, zíjn slaapkamer zou het nu weer worden. Haar vader was terug! Waarom? Hij had nog kortgeleden geschreven dat hij het geld voor de reis liever opspaarde... voor de verdere opleiding van Karim. Van die brief waren Karima en haar moeder nog knap zenuwachtig geworden, en Khadizja had er stilletjes om gehuild.

'Vrouw!'

Khadizja stond al in de deuropening, in haar nachthemd en met haar haren los. Karima ging gauw de poortdeur dichtdoen. Een tas stond nog buiten. Eén tas. Veel cadeautjes konden daar niet in zitten... Toen ze zich met de tas in haar hand had omgedraaid, waren haar vader en moeder in de slaapkamer verdwenen. Ze kon hen wel horen: het gebulder van Hadou, de zachte, overredende stem van Khadizja, waar ook iets angstigs in doorklonk. Karima werd nijdig. Was haar vader vergeten dat hij voorzichtig met zijn vrouw moest omgaan? Te veel opwinding kon haar een aanval van haar ziekte bezorgen!

En omdat ze nijdig was, haastte ze zich niet om thee en een ontbijt te gaan klaarmaken, zoals haar ouders van haar zouden verwachten, maar ging ze eerst terug naar de koeien en maakte het melken af. Een van de koeien was heel zwak geweest nadat ze een dood kalf gekregen had. De dierenarts had gezegd dat melken haar nog verder zou verzwakken, maar Karima was eigenwijs geweest en had haar toch telkens een beetje gemolken, om de productie op gang te houden. Nu het dier op krachten kwam, begon het meer te geven en Karima was blij met haar beslissing. Een beetje trots was ze er ook op: ze hield bijna helemaal in haar eentje het huishouden toch maar mooi aan de gang! Haar vader zou trots op haar kunnen zijn.

Met de verse melk kwam Karima de keuken binnen. Haar moeder was aangekleed en had al water opgezet. Nerveus stond ze brood te snijden, het brood tegen haar buik gedrukt. Karima kon zien dat ze onder haar schort haar mooiste kaftan aanhad, en ze had in de gauwigheid haar ogen met kohl opgemaakt. Daardoor viel het des te meer op hoe mager en zorgelijk ze eruitzag. Haar ogen waren betraand en zagen net zo rood als die van haar man.

Ongerust keek Karima naar haar vader. Hij woonde daar tussen vrouwen die wel net zo mooi en rijk zouden zijn als de vrouwen in de televisieseries die Karima volgde. Luxepoppetjes met lange gelakte nagels en gewaagde kapsels. Zou Hadou niet teleurgesteld zijn nu hij zag hoe afgesloofd zijn eigen vrouw eruitzag? Zou hij nog wel van haar houden?

'Kook die melk, Karima,' zei haar moeder. 'We zullen veel gasten krijgen de komende dagen, en anders bederft hij maar. En draai een kip de nek om, je vader heeft een welkomstmaal verdiend.'

'Het is de laatste, yema,' zei Karima aarzelend. Ze hadden nog maar één hen, de andere waren een voor een in de kookpot beland, en kuikens waren er niet omdat Karim de eieren telkens had weggenomen om te verkopen. De haan was er ook nog, maar een haan zonder hennen, die maakte alleen maar lawaai.

'Doe wat je moeder zegt,' zei Hadou streng.

Karima protesteerde niet meer. Ze deed zonder na te denken

wat ze moest doen: ze nam de ketel van het butagasstel, zette de melkpan erop en goot de melk erin, ze schudde theeblaadjes in de pot en deed er verse munt bij, reikte naar de suikerpot...

'Afgelopen,' zei Hadou tegen zijn vrouw. 'Ik zeg het je nog eens: hij gaat naar kostschool.'

De suikerpot viel kletterend op de grond. En Karima besefte dat er iets grondig mis was, toen haar moeder er geen blik voor over had, het niet eens leek te merken.

Karim naar kostschool?

Karima haatte dat woord. Vroeger had ze een vriendin gehad, Zeineb, een beste vriendin voor altijd. Maar Zeineb was naar kostschool gegaan in de stad, ver weg in Medina. Sindsdien was ze helemaal veranderd.

'Kostschool?' vroeg Khadizja. 'Bedoel je zo'n internaat, waar ze de hele week blijven? Maar dat is toch alleen voor rijke mensen!'

'Wat Khalid kan, kan ik ook,' zei Hadou nors. Khalid was de vader van Zeineb, en de beste vriend van Hadou. Maar Khalid was rijk – tenminste, hij had veel grond, kuddes en boomgaarden. Boven in de bergen, in Douar, waar zij vroeger ook gewoond hadden. Oom Khalid kwam elke week naar de markt en dan kwam hij hen opzoeken. Hij had zijn vriend beloofd een oogje op zijn gezin te houden. Was het oom Khalid die Hadou op de hoogte had gebracht? Wist hun vader van hém dat Karim er een potje van maakte?

Zo stil als ze kon, begon Karima de suikerkorrels bij elkaar te vegen. De aluminium pot had er weer een deuk bij – nou ja.

'Op zo'n school is tenminste toezicht, daar hebben die jongens geen tijd voor kattenkwaad. Hij zal toch discipline moeten leren.'

'Maar dat kunnen we toch niet betalen?' Khadizja stond op het punt te gaan huilen, dat kon je horen. Ze wilde haar zoon niet missen. En Karima wilde hem ook niet missen. Moesten ze achterblijven zonder bescherming? Karim was dan nog wel geen echte man, en vaak gaf hij meer last dan gemak, maar het was toch een onveilig idee om met twee vrouwen in huis te wonen. Karima dacht aan de nacht dat zij naar de veearts had gemoeten toen de koe moest kalven. Ze was verdwaald en opeens was er een monster uit het donker opgedoken – later bleek het een grote hond te zijn. Maar voor zijn baas was Karima ook bang geweest, ook al had die haar de weg gewezen naar de veearts. Zoiets wilde ze niet nog eens meemaken! Stel je voor dat die man met die wolfshond wél kwaad in de zin zou hebben gehad!

Ze schrok: haar vader had een klap op de televisie gegeven.

'Je hebt anders ook geld kunnen vinden om dit ding te kopen. Jij en Karima zitten de hele dag naar de meest verdorven rotzooi te kijken, of niet soms?'

Khadizja schudde haar hoofd. Ze keek haar man met grote ogen aan. Karima kon haar verbazing voelen – verbazing, gemengd met een beetje angst. De televisie was Karima's grote troost. Ze had nooit naar school kunnen gaan – ze moest voor haar moeder zorgen – en het kleine beetje lezen dat ze zichzelf had geleerd stelde niet veel voor. De televisie was haar enige verbinding met de grote wereld buiten hun dorp.

'Je had me op de hoogte moeten houden,' zei haar vader. 'Die jongen van school halen, terwijl ik daar de vellen van mijn handen werk om hem een goede opleiding te geven!'

'Hij werd eraf geschopt. We hadden geen keus.'

'Als ik het geweten had, zou ik hem meteen naar kostschool hebben gestuurd! Mijn enige jongen!' Hadou wreef door zijn ogen en opeens had Karima het idee dat die niet rood zagen door vermoeidheid, maar door het huilen, net als bij haar moeder... Voor het eerst kwam het bij haar op dat hun vader misschien van hen hield, van Khadizja en haar, en van Karim. Het moest een ander soort liefde zijn dan de romantische liefde van de televisie, maar... misschien was het ook liefde.

'Er is geen geld voor zo'n kostschool,' zei Khadizja zacht.

Ze had gelijk. Was Hadou vergeten dat ze de ezel hadden

moeten verkopen om Khadizja's medicijnen te betalen? Moesten ze nou soms ook nog de koeien verkopen, hun trots en troost? En dat terwijl Karim tóch zijn best niet zou doen op die dure school... Karima roerde vinnig in de melk om te voorkomen dat die aanbrandde, en om haar ergernis kwijt te raken. Die vader uit Hollanda kende zijn eigen kinderen niet. Zíj was degene die graag naar school zou gaan!

'Ik kan overwerken,' zei Hadou. 'Er is in de bouw veel vraag naar mensen op het moment. Ik zou er zelfs een baan bij kunnen nemen.'

'Maar Karim wíl helemaal niet leren.' Karima had het niet hardop willen zeggen, maar dat had ze toch gedaan.

'Ga de koeien naar het land brengen, kind,' zei Khadizja toen natuurlijk.

'En doe een hoofddoek om,' zei Hadou.

Weggestuurd. Als een klein kind.

'Hij houdt anders van je!' zei Karima. 'Meer van jou dan van mij!' Ze genoot er van weer eens ouderwets te kibbelen.

Karim en zij sliepen weer samen op een kamer, en hij had haar betrapt toen ze in de Koran lag te turen. Hij had een rothumeur gehad, maar voor de verandering was zijn zusje het met hem eens. Samen hadden ze op hun vader gemopperd, die het opeens nodig vond dat ze vijf keer per dag hun gebeden zeiden. Die Karima verplichtte zelfs in huis een hoofddoek te dragen en die het – nog erger! – in zijn hoofd had gehaald dat Karim naar een internaat moest. Iets waar Karim helemáál geen zin in had! Daarom was het scheldwoord hem ontglipt, en dát ging Karima te ver.

'Houdt van me... houdt van me... Je kijkt te veel televisie jij!'

'En toch is het zo!' hield Karima vol. 'Hij zei het zelf: mijn enige zoon. En hij huilde erbij. Ik heb zelf de tranen in zijn ogen gezien!'

'Je bent niet goed wijs!' zei Karim. Hij wílde zijn zusje niet geloven. Het was te... te weeïg allemaal. Het ging in het leven niet om liefde, het ging om overleven. En overleven, dat moest ieder voor zichzelf doen. 'Hij wil me naar kostschool sturen, noem dat maar houden van!'

'Toch is het zo,' zei Karima weer. 'Hij wil dat jij meer kansen krijgt in het leven dan hij zelf heeft gehad. Weet je wat voor werk hij doet? Hij sjouwt de hele dag met puin en rotzooi en balken en planken. Hij doet het werk van een ezel! En dat terwijl hij kan timmeren als de beste!'

'Boehoehoe!' Karim deed of hij huilde van medelijden. 'Maar intussen verdient hij wel goudgeld! Ik wou dat hij mij ook naar Hollanda liet gaan...'

Maar daar was geen sprake van.

'Hoe wist hij het?' vroeg Karima. 'Heeft oom Khalid hem gewaarschuwd?'

Karim haalde zijn schouders op.

'Mijn baas heeft hem geschreven. Hmidou. Hij wilde baba overhalen om me naar Hollanda te halen.'

'O!' Karima keek hem met grote ogen aan. Zij snapte het nu pas. Karim had het al eerder begrepen: juist vanwege de brief van baas Hmidou was Hadou zo halsoverkop naar huis gekomen. Hmidou had geopperd dat Karim naar Hollanda zou gaan, en dat had Hadou woedend gemaakt. In de eerste plaats omdat het onaangenaam was dat een buitenstaander zich met hun zaken bemoeide. Maar ook omdat hij er zo achter moest komen dat Karim zijn hoofd niet volstopte met kennis, maar een baantje had. En tenslotte omdat hij niet wílde dat zijn zoon naar het noorden kwam. Omdat... Dat was het rare: Karim wíst niet precies waarom. Er was daar in Hollanda toch genoeg geld voor iedereen?

'Jij hebt geen hart,' zei Karima.

Het stak Karim, maar hij liet het niet merken.

'In plaats van een hart heb jij... een zak gedroogde bonen!' Ze giechelde en gaf hem een stomp. Hij had geen zin in kinderachtige stoeispelletjes, maar gaf haar toch een stomp terug. Ze rolde van hem weg en verkreukelde daarbij een pagina van de Koran.

'Oei! Kijk wat je doet!' zei ze. 'Als baba dat ziet! Hij lijkt wel een *imam* sinds hij terug is, zó streng!' Ze streek de bladzijde zorgvuldig glad en klapte het boek dicht, voor ze het voorzichtig teruglegde op de plank die ze voor zichzelf had bestemd toen ze naar zijn kamer verhuisde.

Karim was niet blij met haar gezelschap 's nachts. Het verhinderde dat hij 's avonds laat thuis kon komen. Karima was veranderd. Ze was net een vrouw geworden: altijd weten hoe het hoorde, je altijd het gevoel geven dat je je misdroeg, dat je onverantwoordelijk en zelfs slecht was.

Maar nu Hadou weer thuis de scepter voerde, was er toch weinig kans op dat Karim zijn eigen gang kon gaan. Zijn vader hield hem voortdurend in de gaten. Hij mocht van geluk spreken dat zijn moeder en zusje hem niet hadden verraden. Al hun spaargeld had hij weggepikt... en toen verloren. Hij wist niet of Khadizja en Karima dat hadden verzwegen om hem te sparen, of omdat ze zelf bang waren voor de woede van Hadou. En dan wisten de vrouwen nog niet eens waar hij het geld aan uit had willen geven. Met zijn vriend Hafid had hij het willen besteden aan bier en hasj – als zijn vader dáárachter zou komen...

Opeens begon Karima te fluisteren.

'Weet jij hoe het komt dat baba opeens zo zwaar gelovig is?'

Karim knikte peinzend; hij had het ook gemerkt.

'Zou het door Hollanda komen?'

'Maar ze zeggen toch dat Hollanda zo'n goddeloos land is?'

'Ja, dat is juist zo raar...' Karima keek met een ruk op. 'Of misschien komt het daar juist door. Ik mag geen stap doen zonder hoofddoek... Misschien heeft hij in Hollanda te veel loshangende haren gezien.' Ze fluisterde nog steeds.

Karim schudde zijn hoofd: wat een onzin.

'Hij praat met de buren,' begon zijn zusje weer. 'Baba bedoel ik. Hij praat met iedereen. En ik heb van Fatima gehoord dat hij naar jou vraagt. Wat je hebt uitgevoerd... uitgehaald. Hoe heet hij, de bewaker van de markt...?'

'Dabouze?'

'Ja, Dabouze, die schijnt een boekje over je te hebben open-gedaan. En bij de schoolmeester is baba ook geweest. Je moet... ik zou maar een beetje oppassen.'

Karim keek haar bezorgd aan. Hoe kwam het toch dat Karima dat soort dingen altijd wist? Dat geklets met die buur-meisjes ook! Maar het was aardig van haar dat ze hem waar-schuwde. Hij zou zijn sporen moeten verbergen. Voorlopig niet meer met Hafid omgaan – Hafid met zijn zwakzinnige moeder en zijn vader in het leger had niet zo'n beste naam. Je kon met niemand zoveel plezier hebben als met Hafid, maar het was waar: het was een echte zoon van de markt. Een deugniet. Niet het soort jongen dat Hadou zou uitkiezen als vriend voor zijn zoon... Karima had gelijk: hij moest zich even koest houden.

Aan een verandering in de lucht, meer dan aan een geluid, merkten ze dat hun vader was thuisgekomen.

'Karím!' Ze schoten allebei overeind. Ze keken elkaar aan.

'Ga maar,' fluisterde Karima.

'Als jij meegaat.'

'Waarom?' Karima's ogen werden groot.

'Hij kan niet kwaad zijn als jij erbij bent.' Gelukkig, Karima kwam overeind, al leek ze verbaasd.

Omdat het mooi lenteweer was, en omdat er telkens buren en kennissen binnenliepen voor een glas thee en een babbel-tje, waren er kleden en kussens op de binnenplaats uitge-spreid, onder de overhangende takken van de vijgenboom die aan de andere kant van de muur groeide. Daar zetelde, als een pasja, hun vader. Schoorvoetend kwam Karim dichterbij, met Karima op zijn hielen.

'Hou op met dat gedrentel, ga zitten,' snauwde Hadou. 'En luister. Ik ben bij je baas geweest en heb hem de waarheid gezegd. Hmidou is een goede man, een goede moslim, net als ik.'

Karim en Karima konden het niet laten elkaar even een blik toe te werpen. Vroeger was hun vader zelden in de moskee te vinden geweest.

Hadou ging door: 'Maar hij vergist zich als hij denkt dat hij mijn zoon kan uitbuiten.'

Uitbuiten? Wat was dat nou weer?

'Hij laat jou werken als een slaaf, voor bijna niets, en zelf strijkt hij de winst op. Daar heb ik mijn zoon niet voor grootgebracht. Godallemachtig, jij zou een groot man kunnen zijn, Karim. Groter dan alles wat Hmidou bij elkaar kan dromen!'

Karim keek zijn vader ongerust aan. Hij had het niet zo op dat 'groot'. Er zou vast schoolkennis aan te pas komen. Had zijn vader nu nog niet begrepen dat ze een internaat niet zouden kunnen betalen? Aan die gedachte had Karim zich vastgeklampt. Maar zijn vader scheen zich door geldnood niet te laten tegenhouden.

Dat de gewone school in Souk el Khamiss Karim niet terug zou nemen, dat was de eerste dag na Hadous thuiskomst al duidelijk geworden. Met grote stappen was Hadou naar school vertrokken. Als een geslagen man was hij teruggekeerd. Karima en hun moeder hadden de rest van de dag voor hem gevlogen, maar hij was humeurig gebleven.

'Ik heb die baas van je flink de waarheid gezegd!' zei Hadou, en aan zijn ogen konden ze zien hoe boos hij was geworden. Inwendig kromp Karim in elkaar. Had de hele markt het kunnen horen, hoe zijn vader tekeerging? Karim genoot een zeker aanzien onder de marktkooplieden. Om nog maar te zwijgen van de schooljongens die in hun hart jaloers op hem waren omdat hij al geld verdiende. Zijn eer zou eronder lijden als zijn vader al te luid ruzie had staan maken...

'En?' waagde hij te vragen.

'En niets. Je gaat er natuurlijk niet meer heen,' zei Hadou. 'Dat is uitgesloten; je bent te goed om voor loopjongen te spelen. Dus heb ik een andere oplossing voor je bedacht. Ik heb het er al met Khalid over gehad. Morgen ga ik naar Douar. En jij gaat mee.'

'Ik? Mee?' stamelde Karim.

'Naar Douár?' vroeg Karima met ongeloof in haar stem.

'Jazeker. Naar Douar. Is er iets mis met Douar? Dat is waar ik vandaan kom – waar wíj vandaan komen.'

Karim kon niets uitbrengen. Terug naar dat handjevol keuterboerderijtjes in de bergen? Waar niets, maar dan ook helemaal niets te doen was? Karima nam het van hem over, en hij was haar dankbaar.

'Maar waarom, baba? Baba weet vast wat het beste is, maar we begrijpen het niet.'

Net als toen ze klein waren, sprak ze in de wij-vorm. Toen ze nog onafscheidelijk waren, vroeger in Douar, kon Karima voor Karim spreken en Karim voor Karima, omdat ze het altijd met elkaar eens waren. Wat was dat langgeleden! In een ander leven was dat geweest... En moest hij nu terug?!

Het scheen Hadou niet op te vallen. Misschien besefte hij niet hoeveel er was veranderd sinds ze kleine kinderen waren. Hij keek hen om beurten aan toen hij antwoord gaf: 'Omdat ik het een en ander heb gehoord. Ik heb gehoord over het piepen van de poort, 's avonds laat. Ik heb verhalen gehoord over diefstallen, groot en klein. Dabouze vertelde me over een meloen die de meester van de school bijna had geraakt. Ik hoorde van een uitstapje naar Medina. En ik heb nóg iets gehoord dat ik... waar ik...' Hadou scheen te stikken in iets dat hij niet over zijn lippen kon krijgen. 'Hasj, zoon! Hasj! En je schijnt het niet alleen te roken, iets dat God onverbiddelijk verboden heeft, maar er zelfs in... te hándelen!' Hij spuugde het laatste woord uit. Zijn handen grepen in zijn baard en trokken eraan. Zijn ogen puilden uit.

Karim sprong op. Het was allemaal waar, maar... Geloofde zijn vader dan zomaar alles wat er over zijn eigen zoon werd gezegd?

'Dus iedereen beschuldigt mij maar!' riep hij uit. 'De mensen zijn alleen jaloers, omdat wij het beter hebben dan de meesten. En mijn eigen vader luistert naar die roddels, als het eerste het beste ouwe wijf! Je kunt het toch verdomme eerst aan míj vragen!'

Nu was hij te ver gegaan. Hij voelde het. Op een afstandje bleef hij angstig staan kijken naar de reactie van zijn vader.

Hadou was opgesprongen. Spuugkloddertjes vlogen in het rond en landden in zijn baard toen hij schreeuwde: 'Zo is het genoeg! Dit pik ik niet! Ga uit mijn ogen, stuk ongeluk! Een duivel ben je! Morgen ga je naar Douar, al moet ik je erheen dragen. En daar ga je werken voor Khalid en probeer je in het reine te komen met God en de mensen!'

'Nooit!' schreeuwde Karim terug.

'Je doet wat ik zeg, hondsvot!'

Karima was naar de keuken gehold. In de deuropening verscheen Khadizja. Ontzet keek ze van haar man naar haar zoon.

'Nooit!' Karim draaide zich om en holde naar de poort. Het zachte smeken van zijn moeder – 'Karim, alsjeblieft!' – negeerde hij. Hij gooide de buitendeur met een klap achter zich dicht. Ze bekeken het maar, dat stelletje braveriken. En die tiran van een vader. Hij kwam nooit en nooit en nooit meer terug! Dat zou ze leren!

Onderdak in een roestbak

Heel zachtjes verliet Karima de keuken. De koeien stonden geduldig bij de poort te wachten totdat zij hem opendeed. Even later liep ze buiten in de kilte van de ochtendschemering, met de koeien achter zich aan. De voorste snuffelde ter hoogte van haar heup, waar ze de pakjes in de zak van haar kaftan verborgen had. Karima stapte wat sneller door.

Even later bereikte ze de rand van het dorp en het veld bij de rivier. Ze nam een andere route dan anders en maakte de koeien vast aan een paal bij een ondiepe geul die het terrein doorsneed. Als het veel geregend had, stond er water in die greppel, maar nu groeiden er onkruid en lage struiken. Ergens tussen die begroeiing schemerde het roodbruin van verroest metaal. Daar liep Karima op af.

Er bewoog zich niets in de omgeving van de oude Renault 4, die daar langgeleden was achtergelaten. Ze sloeg met de onderkant van haar vuist op het dak dat het dreunde. Meteen klonken er vanbinnen ook twee dreunen, gevolgd door vloeken.

Karima sprong in de greppel, duwde wat takken opzij en keek door het open raam. Ze grijnsde: wat ze zag, had ze wel zo'n beetje verwacht. Karims deken was van hem afgegleden, hij wreef zijn hoofd waar hij het gestoten had en hij zat haar giftig aan te kijken. Onder zijn magere benen stulpte het gele schuimrubber van de achterbank uit de gaten in de bekleding.

'Moest dat?' vroeg hij nijdig.

'Sorry,' zei Karima, half gemeend. 'Ik kon het niet laten.' Ze keek haar broer nieuwsgierig aan. 'Ben je bang geweest, vannacht?'

'Nee.' Karim wreef nog steeds met een nors gezicht over de pijnlijke plek. 'Hoe wist je dat ik hier zat?'

'O, ik weet al zolang dat jij en Hafid die auto als schuilplaats gebruiken. Net als alle andere kinderen in Souk el Khamiss trouwens; Fatima en ik hebben ons hier ook wel eens verstopt.'

Karim keek een beetje beledigd. 'Kinderen!' zei hij. 'Ik ben geen...'

'Heb je honger of niet?' viel Karima hem in de reden. Ze haalde de pakjes uit haar kleren tevoorschijn. Ze had de vorige avond expres pannenkoeken gebakken, omdat ze die makkelijk zou kunnen vervoeren. De geur vulde bijna meteen de kleine ruimte en Karim griste het pakje met de opgerolde pannenkoek uit haar handen. Karima opende het voorportier, dat meteen scheefzakte in zijn hengsels, en ging voorin zitten.

'Heb je ook drinken?' Karim had hoorbaar een droge mond.

'Vergeten,' zei Karima. Ze wachtte tot Karim wilde gaan mopperen, toen zei ze: 'Maar ik heb de grote koe niet helemaal leeg gemolken. Heb je een blikje of zo?'

Karim schudde zijn hoofd, zijn mond vol pannenkoek. Karima zocht tussen de rommel in de geul tot ze een niet al te verroest blik gevonden had, spoelde het om bij de rivier en zette het onder de koe. Daarna bracht ze Karim de rauwe melk. Ze had het expres in die volgorde gedaan. Thee of water uit huis smokkelen zou te veel opvallen; ze kon geen drinken onder haar kleren verstoppen. Als Karim geen scheurende dorst had, zou hij zijn neus ophalen voor de lauwwarme melk. Nu dronk hij die gretig op.

'Heb je nog iets anders?' vroeg hij.

Karima gaf hem wat dadels. 'Vanavond breng ik brood en olijven mee. Warm eten gaat niet. Als je honger hebt, moet je zelf nog maar iets opscharrelen. Maar je mag niet meer stelen.' Ze had het zonder nadenken gezegd. Meteen ging Karims kin omhoog.

'Hoe bedoel je?' vroeg hij vijandig. Karima schudde haar hoofd. Ze wisten allebei dat het waar was, dat hij stal, maar ze vond het prettig dat hij dat niet wilde horen. Zo lang hij zich ervoor schaamde, wist hij tenminste dat het verkeerd was.

Zij en haar moeder hadden voor Hadou verborgen gehouden dat Karim ervandoor was gegaan met hun spaargeld. Hun vader vond het al erg genoeg dat zijn zoon niet meer naar school ging. Khadizja had het verstandiger gevonden het uitstapje naar Medina maar te verzwijgen.

'Trouwens,' zei Karima tegen haar broer, 'ik zou me maar niet te veel laten zien. Baba laat overal naar je uitkijken. Hij is zó woedend dat hij niet eens meer kan praten. Toen ik wegging, zat hij luidkeels te bidden en je zou zeggen dat alle rampen van de wereld over zijn hoofd waren uitgestort. Hij is van plan vandaag het hele dorp uit te kammen. Als hij je vindt, neemt hij je mee naar oom Khalid. Je moet zijn schapen hoeden.'

Karima staarde in het groen. Douar leek zo ver weg... Ze dacht aan haar vroegere vriendin Zeineb. Ze zagen elkaar nauwelijks meer. Zeineb was veranderd op kostschool. Ze was nu niet meer in Medina maar woonde weer thuis in Douar om van haar moeder het huishouden te leren, en ze kwam zelden in Souk el Khamiss. Karima vermoedde dat ze zich schaamde. De vorige keer dat ze elkaar zagen had Zeineb opgeschept over de rijke jongen die belangstelling voor haar had. En juist vanwege die jongen was ze van school genomen. Dat werd tenminste gefluisterd. Over een verloving had Karima niets gehoord...

'Dat nooit,' zei Karim grimmig. 'Schapen hoeden! Ik vlucht nog liever naar Hollanda.'

'Dat helpt je niet,' zei Karima. 'Je bent nog te jong om te werken daar, ik heb het nagevraagd.'

'Nou, ik doe het tóch,' zei Karim koppig. Hij keek naar zijn laatste dadel, alsof hij niet wist of hij hem moest opeten of bewaren.

Altijd als het tegenzat, zei Karim dat hij naar Hollanda zou gaan. De vorige keer hadden ze het hem uit zijn hoofd kunnen praten. Dat was vlak nadat de zoon van Dabouze verdronken was. Het rubberbootje waarmee hij had gehoopt in Spanje te komen was omgeslagen. Toen ze het hoorden, was Karim net terug van zijn uitstapje naar Medina, de grote stad waar hij verdwaald en beroofd was. Hij was bang geworden voor nog grotere avonturen. Maar nu joeg het schrikbeeld van het herdersbestaan hem weer op de vlucht.

'Baba heeft de televisie weggegooid.' Ze had het Karim niet willen vertellen. Maar ze vond het zo moeilijk iets verborgen te houden voor haar tweelingbroer.

'Wat?!' De dadel viel op de vieze bekleding. Zijn donkerbruine ogen glinsterden plotseling van het vocht. 'Hij had het recht niet...'

Karima keek naar de doorgeroeste vloer. Hij zou niet willen dat ze hem zag huilen.

'Hij vindt televisie een goddeloze uitvinding.' Ze beet op haar bovenlip. Die televisie, daar was ze echt blij mee geweest. Haar vaste programma's waren iets om naar uit te kijken gedurende het saaie werk overdag. Nu zou ze nooit weten hoe het afliep met Yasmina en haar Robert. En die ruzie tussen Aïcha en haar zus Hafida was ook nog steeds niet bijgelegd... Ze wist best dat het maar verzonnen mensen waren. Maar het was zo heerlijk om mee te leven met vrouwen die nooit vloeren hoefden te schrobben of stallen uit te mesten!

Karim begon te vloeken en tegen het dak van de auto te stompen. '*Ik* had die televisie gekocht!' Roodbruine flintertjes daalden neer.

Karima blies een roestdeeltje van haar wimpers en stapte uit. Als Karim zo deed, viel er toch niet met hem te praten.

'Vanavond kom ik weer. Als je domme dingen uithaalt, moet je het zelf maar weten.'

Ze hing het portier weer min of meer op zijn plek en duwde het met haar heup in het slot. Haar broer bedaarde. Karima sloeg omstandig haar kaftan af, om hem de gelegenheid te geven nog iets te zeggen. Haar te bedanken misschien, of te zeggen dat het hem speet. Ook al had ze het hem niet gezegd, hij moest weten dat hun moeder die nacht geen oog had dichtgedaan, dat ze de hele nacht had liggen huilen, tot wanhoop van hun vader. Daardoor had ook Karima niet kunnen slapen. Hij moest toch weten wat een puinhoop hij had achtergelaten!

Maar het enige wat Karim zei was: 'Als je Hafid ziet, zeg dan dat ik hier op hem wacht.'

Karima knikte teleurgesteld en hees zich aan een boompje de greppel uit. Boven schudde ze haar hoofd. Karim deed nooit wat je verwachtte. Ze zou het er dolgraag eens met Fatima over hebben, of met Maryam. Misschien wisten haar buurmeisjes hoe het toch kwam dat je zo weinig aan jongens had. Dat ze altijd precies deden waar ze zelf zin in hadden, zonder zich om anderen te bekommeren. Dat ze, zodra het tegenzat, niks anders wisten te bedenken dan slaan en vloeken. En dat terwijl ze zo hulpeloos waren als pasgeboren baby's. Ze konden nog geen ei koken en als je ze aan hun lot overliet, zouden ze er altijd smerig bijlopen. Maryam had verstand van jongens, die zou er vast wel wat over kunnen zeggen.

Maar Karima kon er met niemand over praten. Want geheimen werden nooit lang bewaard in de kleine marktplaats, en ze zou het niet kunnen verdragen als haar broer gepakt werd door háár schuld.

Die avond bracht Karima zoals ze beloofd had brood en olijven en een paar overgebleven sardientjes mee, toen ze de koeien ging ophalen. Karim was er niet; ze legde het eten op het dashboard van de oude auto. Opeens suisde er iets door de lucht, en met een knal sloeg er een steen tegen de carrosserie. Karima schoot omhoog en stootte haar rug aan de raamstijl.

'Die had je nog tegoed,' zei Karim, terwijl hij zijn katapult in de achterzak van zijn spijkerbroek stak.

'Pestkop!' schold Karima, maar ze was niet boos. Ze had wel iets anders aan haar hoofd dan een blauwe plek.

'Is er nog nieuws?' vroeg Karim. Achter hem klonk gekraak; Hafid sprong in de greppel. Hij bekeek Karima brutaal – ze sloeg gauw haar ogen neer – voor hij achter het stuur ging zitten en haar pakjes begon open te maken. Voor Karim of

23

Karima het had kunnen verhinderen, had hij al twee sardientjes naar binnen geslagen.

Karima keek haar broer aan en knikte veelbetekenend in de richting van Hafid. Haar vader had haar uitdrukkelijk verboden met 'dat stuk uitschot, die zoon van de markt' om te gaan, maar daar ging het niet om. Ze wilde gewoon niet dat Hafid van hun moeilijkheden zou horen.

'Morgen,' zei ze, en ze maakte zich uit de voeten. Maar toen ze met de koeien langs de rivier liep, was Karim opeens naast haar.

'Wat dan?' vroeg hij.

'Hij eet je eten op, hoor,' zei Karima. 'En Hafid kan thuis genoeg krijgen als hij wil.'

'Wat is er dan, vertel!'

Karima haalde haar schouders op. 'Ben je van plan vannacht weer hier te blijven?'

Karim knikte. 'Het is wel koud, maar waar kan ik anders heen?'

'Je bent thuis welkom, als je akkoord gaat met zijn plan,' zei ze.

'Naar Douar gaan en een beetje achter Khalids schapen aanhobbelen?'

Karima haalde weer haar schouders op. 'Zó erg kan het niet zijn.'

'Zo erg is het hier ook niet. Het wordt zomer. Ik kan vogels schieten en braden.'

Karima zweeg. Als ze zei wat ze op haar hart had, zou haar broer zich in een hoek gedrongen voelen. Aan de andere kant: als hij het niét wist, gaf ze hem ook geen kans om er iets aan te doen.

'Wat is er dan?' drong Karim aan.

Karima nam een besluit. Ze zou het zeggen; hij moest er maar van maken wat hij wilde.

'Yema heeft weer een aanval gehad,' zei ze. 'Een zware. Ze ligt nog te slapen. Baba had de hele dag in het dorp rondgelopen en toen hij terugkwam, begon hij tegen haar te schreeuwen. Ze viel neer terwijl ze hem thee bracht. De hete thee kwam op haar been terecht, ik heb haar met brandzalf in moeten smeren terwijl ze lag te schokken.'

Het was al langgeleden dat hun moeder een van haar toevallen had gehad. Ze kreeg medicijnen en daarmee was het een stuk beter geworden. Maar als ze moe was, of als ze opgewonden raakte, of boos werd of verdrietig of ongerust, kon het toch weer gebeuren.

Karim zweeg. Karima bleef doorlopen, de koeien achter zich aan trekkend, en wachtte op zijn reactie. Opeens merkte ze dat hij niet langer naast haar liep.

Haar wangen waren nat toen ze thuiskwam, en ze had niet eens gemerkt dat ze had lopen huilen.

'Dat meisje vroeg naar je,' zei Hafid. Hij was bezig een vogeltje te plukken dat hij geschoten had met zijn katapult. Het was waar wat Karima had gezegd: hoewel Hafids moeder niet goed bij haar hoofd was, kon hij thuis genoeg te eten krijgen want zijn tante Hakima deed het huishouden. Toch was Hafid zo min mogelijk thuis. Misschien vond hij het spannender zelf een avondmaal uit de lucht te halen.

'Wat voor meisje?' Het kon Karim niet veel schelen. Hij was bezig met het vuur. Het mocht niet te veel roken; hij wilde niet ontdekt worden.

'Dat buurmeisje van je. De jongste.'

'Fatima?' vroeg Karim verbaasd. Hij had nooit naar haar omgekeken. Een van de giechelvriendinnen van zijn zusje.

'Dat dikkerdje,' zei Hafid.

Karim sloeg met een tak het vuur uit elkaar en prikte het vogeltje dat Hafid hem gaf aan een puntig gesneden stok. Goed dat hij eraan gedacht had een mes mee te nemen. Zonder mes kon je niks beginnen. Hij keek bedenkelijk naar het grauwbleke vogellijfje. Een mager hapje zou het zijn. En Hafid zou beslist zijn deel opeisen.

'Ze vroeg het via haar zus,' zei Hafid. 'Dat is wel een lekker ding.'

'Gaan we weer op die toer!' zei Karim. Ze hadden eens ruzie gehad omdat Hafid iets dergelijks over Karima had gezegd. Karim interesseerde zich niet voor meisjes. Een tweelingzus was meer dan genoeg. Vrouwen hielden altijd zo in de gaten wat je uitvoerde...

'Nou, het is toch zo!' Hafid pakte zijn katapult en sprong op. 'Ik ga kijken of ik nog een konijn kan vinden of zoiets.'

Het was helemaal niet zo. Van Maryam, de zus van Fatima werd gezegd dat ze met jongens liep. Maar mooi was ze niet. Karim vond dat Fatima er veel liever uitzag, of ze nou een dikkerdje was of niet. En Karima, zijn eigen zusje, gold algemeen als het mooiste meisje van het dorp. Niet dat iemand dat ooit hardop zei waar hij bij was; ze waren veel te bang dat Karim erop zou slaan. Hij mocht dan niet deugen in de ogen van zijn vader, er waren toch dingen waar hij de hand aan hield.

Geritsel in de struiken leidde hem af. Een konijn! Hij bleef zo roerloos mogelijk zitten, terwijl hij langzaam de stok met de vogel opzij legde en naar zijn katapult tastte. Het konijn keek even op en knabbelde toen verder aan een struikje. Heel langzaam, heel beheerst, legde Karim een steen in het elastiek, spande het, mikte en liet los. De steen vloog door de struiken en knalde luid tegen de oude Renault aan. Het konijn keek even verbaasd op en hipte toen rustig weg.

Karim vloekte. Hij pakte de stok weer op. Nu zat dat kleine magere hapje nog onder het zand ook... Hij veegde de korrels er zo goed en kwaad als het ging af. Anders moest hij weer met honger gaan slapen.

Aan het gekraak te horen kwam Hafid terug. Zonder zich om te draaien zei Karim: 'Als je geen konijn hebt, hoop ik dat je nog hasj hebt.'

Er kwam geen antwoord. Hij draaide zich om. Tussen de struiken stond een meisje met een geit aan een touw naar hem te kijken. Fatima. Zijn buurmeisje. Waarom maakte ze zo'n rare omweg van het veld naar huis? Karims hart bonsde – had ze hem verstaan? – maar hij zei: 'Maak dat je wegkomt hier!'

Ze was niet bang voor hem.

'Ik hoorde een klap,' zei ze.

Karim draaide haar zijn rug toe.

'Ik zou er maar vandoor gaan voordat Hafid je ziet,' zei hij. Iets beters wist hij niet te bedenken. Maar het werkte. Hafid had echt een héél slechte reputatie, want Fatima maakte inderdaad dat ze wegkwam. Karim kon alleen maar hopen dat ze thuis niets over zijn schuilplaats zou verklappen. En dat ze niet gehoord had wat hij zei over hasj.

Hafid bracht geen konijn mee. En tot overmaat van ramp was zijn voorraad hasj ook op.

Herder in Douar

Na drieënhalve dag kwam Karim thuis. Karima zag hem komen vanuit de slaapkamer, waar ze wasgoed stond op te vouwen. Haar hart wilde dat ze hem tegemoet zou lopen, maar haar verstand zei haar te blijven waar ze was en stilletjes toe te kijken wat er zou gebeuren. Ze zag Hadou uit de keuken komen, zijn hand aan de gesp van zijn riem, die hij uit de lussen begon te sjorren. Ze zag hoe haar vader zich bedacht en zijn zoon wenkte bij hem te komen zitten op de kleden in de schaduw van de vijgentakken. Ze zag hoe haar moeder thee en verse koekjes bracht, ze zag hoe Karim haar niet aan durfde kijken, en dat Khadizja popelde om haar zoon te omhelzen maar zich zwijgend en met tegenzin terugtrok. Ze hoorde haar vader praten en haar tweelingbroer luisteren, met gebogen hoofd. Eindelijk zag ze hem knikken, deemoedig en gedwee. Toen durfde ze weer adem te halen. Ze keek verbaasd omlaag: ze had nog altijd hetzelfde half opgevouwen overhemd in haar handen. Hoe lang had ze hier roerloos gestaan?

Het was beklonken: de volgende dag zou hun vader Karim hoogstpersoonlijk wegbrengen naar Douar en aan Khalid overdragen. Geen school meer, maar ook geen kattenkwaad.

Karima glipte naar het buurhuis en vertelde het nieuws in het donker van de meisjesslaapkamer aan Fatima.

'Jammer,' zei Fatima, 'ik mocht hem wel.'

Eerst stak het Karima dat Fatima in de verleden tijd over haar broer sprak: hij was toch niet dood? Toen kwam ze op een idee. Ze speelde er even mee, als met een kiezeltje dat ze van de ene in de andere hand liet rollen, terwijl ze intussen met haar vriendin mee babbelde. Toen zei ze: 'Weet je, als Karim nou een meisje zou hebben... als hij echt verliefd zou zijn... Dat zou hem wel op andere gedachten brengen.'

'Is er dan niemand?' vroeg Fatima gespannen.

'Nee.'

'Ook niet iemand die... je ouders in gedachten hebben?'

'Ze hebben het erover gehad. Maar er is niemand. Eerst vonden ze geen enkel meisje goed genoeg. Nu zijn ze bang dat...' niemand hem wil hebben – maar dat kon ze beter niet hardop zeggen. Ze praatte erover heen, vertelde alle aardige dingen van haar broer die ze zich kon herinneren. Alle keren dat hij haar uit de penarie geholpen had, zoals toen ze op het veldje achter de school belaagd was door een troep opgeschoten jongens. Karim had ze met zijn katapult weggejaagd. En alle avonturen die ze samen hadden beleefd, zoals die keer dat ze in de bergen de kudde van oom Khalid waren kwijtgeraakt omdat ze rovertje hadden gespeeld, en bij het zoeken verdwaald waren. Toen het donker was, had Karim naar de sterren gekeken en gezegd welke kant ze op moesten, en dat klopte nog ook. Ze kwamen veilig thuis en troffen daar de kudde aan, die bedaard op weg was gegaan naar de stal toen de avond viel. Hier in Souk el Khamiss mochten ze Karim dan een 'zoon van de markt' noemen, Karima kende hem beter.

'En nu gaat hij terug naar Douar,' zei Fatima treurig.

'Ja... maar ik ga hem vast wel eens opzoeken. Je zou met me mee kunnen gaan, op de kar bij oom Khalid. Dan slapen we bij Zeineb, je kent Zeineb toch nog wel? We zouden plezier kunnen hebben.' In haar hart vroeg Karima zich af of Zeineb haar wel met open armen zou ontvangen.

Fatima deed haar mond open om te antwoorden, maar op dat moment kwam Maryam binnen, die zich begon te verkleden. Ze deed de kast open en bekeek zich uitvoerig in de spiegel aan de binnenkant van de deur. Karima voelde zich er ongemakkelijk onder. Ze was ook een beetje jaloers: Maryam had lange slanke benen als een filmster, en een heel vrouwelijk figuur.

Karima stond op. 'Ik moet gaan,' zei ze.

'We praten er nog over, hè?' smeekte Fatima. Karima glimlachte. Haar plannetje begon al vruchten af te werpen.

Met zijn hand in zijn broekzak keek Karim de ezelkar na die hem had weggebracht. Zijn spullen stonden in een nylon tas naast hem in het stof. Zijn vader, op de kar, keek nog eenmaal om en stak zijn hand op. Karim durfde niet terug te zwaaien, maar hij bleef nog lang staan kijken, ook nadat de kar om een bocht was verdwenen, naar de stofwolk die vervaagde tot al het stof was gaan liggen en de lucht weer helder was.

Ooit had hij hier met Karima staan wachten, vol opwinding omdat hun vader terug zou komen uit het verre Hollanda! Hij was zo benieuwd geweest naar de cadeaus die zijn vader bij zich had, dat hij bijna was vergeten hem behoorlijk te begroeten. En Karima was te verlegen geweest; zij durfde die vreemde man nauwelijks aan te kijken. Hadou had toen nog geen baard, en Karim kon zich niet herinneren dat hij toen al zo streng was geweest... Hij had die dag opwindend nieuws meegenomen: ze zouden gaan verhuizen van hun armoedige huisje in Douar naar Souk el Khamiss. Langgeleden was dat... En nu was hij terug, alleen, onder het strenge toezicht van oom Khalid, die niet eens een echte oom was, maar een vriend van zijn vader, een gevangenbewaarder. Ooit had hij Douar verlaten om verder te leren, nu kwam hij terug om herder te worden.

'Kom.' Oom Khalid, onder aan het pad, wenkte hem. Met nog steeds die ene hand in zijn zak daalde Karim af en volgde zijn cipier naar het huis dat zich tussen twee heuvelplooien verschool. In het voorbijgaan keek hij het pad af naar hun vroegere huis. Het was niet te zien doordat de struiken vol in het blad stonden. Khalid, die zijn blik had gevolgd, zei: 'Er woont nu een neef van mij. Misschien, als het je hier goed gaat, zul je er eens weer wonen.'

Alsof Karim dat wilde! Alsof dat zijn doel was in het leven: terugkeren naar het armzalige hutje waarin hij geboren was! Nee, dan kende Khalid hem nog niet. Douar was voor Karim niets anders dan een wachtkamer. Hij zou zich gedeisd houden, hij zou Khalid en zijn vader geen reden geven tot nog strengere straffen, net zolang tot hij oud genoeg was om in Hollanda werk te zoeken... Zijn moeder zou hij een mooie keuken vol apparaten geven en zijn zusje een nieuwe televisie, een kleurentelevisie die niet sneeuwde, met een schotel zodat ze zenders van over de hele wereld konden ontvangen. Karim zou het slimmer aanpakken dan zijn vader, die zijn rug afbeulde achter kruiwagens vol puin, en die zijn enige troost in de moskee scheen te zoeken. Hij zou als een rijk man terugkomen en ze allemaal verbaasd doen staan.

Als die ellendige tussentijd er maar niet was!

Het ergste was misschien nog dat hij Ahmed weer onder ogen zou moeten komen, zijn vroegere vriend. In Douar hadden ze altijd samen gespeeld, ze waren samen naar school gelopen en beschouwden elkaar als broers. Maar in het laatste jaar dat hij op school zat, was er een verwijdering ontstaan. Ahmed was zijn best blijven doen, terwijl Karims prestaties steeds verder afzakten tot hij de slechtste van de klas was. Het scheen hem toe dat Ahmed zich een beetje voor hem was gaan schamen. Niet dat hij ooit iets hardop gezegd had. Ze hadden nooit gevochten, zelfs geen ruzie gehad, want Ahmed was zo'n type dat ruzie uit de weg ging. Toen was Karim gaan spijbelen – het was gewoon leuker om samen met Hafid in het dorp rond te hangen. Te pokeren met de volwassen mannen, oorlogje te spelen in de oude kazerne van de Fransen, te leren fietsen, lege flessen te jatten of hasj te roken. Hij miste zijn oude vriend niet.

Toen had Ahmed hem verklikt, en daar was Karim razend om geworden. Hij had een vechtpartij proberen uit te lokken, maar dat was mislukt. Sindsdien praatten ze eenvoudig niet meer met elkaar, wat makkelijker werd toen Karim werk kreeg en Ahmed naar het internaat in Medina ging. Als Karim hem in de verte bij de bushalte of bij een marktstalletje zag, schoot hij gauw een zijstraat in.

Karim was nog steeds boos op Ahmed, maar hij schaamde zich ook. Ahmed zou op hem neerkijken. Want híj ging nog altijd naar school, en Karim wist best wat die schooljongens dachten over degenen die moesten werken. Als armoedzaaiers en domoren, zo werden ze beschouwd.

Hij had gehoopt dat hij het hutje zou krijgen dat tegen de buitenmuur was aangeplakt en waar in het drukke seizoen de losse krachten bivakkeerden. Daar zou hij makkelijk uit kunnen wegsluipen als hij zin had. Maar Khalid nam hem mee naar de binnenplaats en wees hem een van de deuren aan. Karim glipte er binnen met zijn tas, verlegen onder de blikken en kreten van tante Zohra en Zeineb en de kleinere kinderen, die blij leken te zijn hem te zien. Toch zouden ze ook wel weten dat zijn terugkeer naar Douar een straf was... Ahmed had zich gelukkig niet laten zien; misschien was hij niet thuis.

Karim drukte de deur stevig achter zich in het slot en zocht naar een grendel, maar die was er niet. Hij keek schichtig even door het raam om te zien of iemand hem volgde, maar ze hadden zich allemaal bij het theeblad verzameld en schenen hem de tijd te gunnen om te wennen. Met zijn blik zocht hij een schuilplaats. Het was een goed huis, niet van leem zoals hun eigen oude huis, maar van cement, en met in elke ruimte een raam. De kamer was kaal. Er was geen kast, alleen wat schappen langs de muur. Met een naar gevoel in zijn maag zag hij de twee bedden; het andere moest van Ahmed zijn. Moest hij ook nog een kamer delen met die verrader!

Onder het matras? Nee, vrouwen tilden het matras op als ze een bed verschoonden. Verder was er niets dan een wankel tafeltje met een waskom erop. Hij schoof het bed een stukje aan de kant en keek eronder. Ja, in de hoek was het cement een beetje weg gebrokkeld, vlak boven de vloer. Hij wroette in het gat om het groter te maken; hij schaafde zijn hand, maar dat kon hem niet schelen. Er kwam een groot brok los, dat hij weer terug zou kunnen zetten. Eindelijk greep hij in zijn broekzak en haalde het plastic zakje tevoorschijn. Er kwam een doordringende geur vanaf. Hij propte het in het gat, en zette het stuk cement er weer voor. Hij schoof het bed terug en ging erop liggen. Je kon de hasj nog steeds ruiken. Maar misschien verbeeldde hij zich dat? Hij snuffelde aan zijn hand. Dat was het, daar kwam die geur vandaan. Gedurende de hele tocht had hij zijn hand op het zakje gehouden.

Er stond een kan water naast de waskom. Karim waste zijn gezicht, zijn hals en zijn nek en boende zijn hand tweemaal voor hij zich vertoonde. Hij voelde zich eigenlijk best goed. Ze dachten dat ze hem te pakken hadden, maar hij was ze te slim af geweest. Hafid, die nu zijn beste vriend was en niet zo'n lafbek als Ahmed, zou hem komen opzoeken. Niet meteen, want Hafids vader was terug uit het leger, maar zodra diens verlof voorbij was. Hij zou nieuwe voorraad meebrengen. Met z'n tweeën zouden ze die boerenkinkels hier makkelijk te slim af zijn. Ze hadden al een plannetje beraamd om de jongens hier te leren pokeren, zodat ze hun al hun geld afhandig zouden kunnen maken.

Oom Khalid zou hem niets geven, hij zou zijn 'loon opsparen', was de afspraak. Alsof dat eerlijk was! Maar Karim was slimmer dan alle cipiers bij elkaar.

Het was een mistige ochtend toen Karima met haar vader naar de plek liep waar de bus zou vertrekken. Haar moeder sliep nog toen ze het huis verlieten, wat Karima een slecht teken vond, maar ze had niets durven vragen. Had haar moeder weer een toeval gekregen? Hadden ze ruzie gehad en was Hadou te boos om haar te willen wekken? Of was het Khadizja die boos was, en weigerde ze mokkend haar man uit te wuiven?

Sinds Karim weg was, kwam Karima niet graag meer op straat. Er werd lacherig gedaan over haar broer: 'O, Karim, de herder?' vroegen de mensen spottend. 'Ja, Karim de herder, die zien we voorlopig niet meer terug. Die maakt carrière in de bergen!'

Karima wist wel dat er mensen jaloers waren op het gezin Ramdani. Omdat Hadou in Hollanda werkte, nam men aan dat ze geld hadden. En omdat ze toch zo weinig te verteren hadden, dachten sommigen dat ze gierig waren. De nieuwe vurigheid van Hadous geloof was gemengd ontvangen. Buren waren hem respectvol gaan aanspreken met 'hadj', alsof hij op pelgrimstocht naar Mekka was geweest. Anderen hadden zijn terughoudendheid voor arrogantie aangezien. En Karim... Karim was ooit een veelbelovende jongen geweest, en ook dat had scheve ogen gegeven. Toen hij voor Hmidou werkte, was er een einde gekomen aan dat kwaadaardig geklets. Maar er waren toch nog genoeg mensen die zich erover verkneukelden dat de zoon van Hadou Ramdani zich had ontpopt tot een deugniet die het niet verder zou schoppen dan schaapherder.

Dat alles maakte dat Karima liever zo min mogelijk buiten kwam, totdat het nieuwtje van Karims verbanning eraf was. Maar met haar vader erbij was er niets te vrezen. Hadou liep hard en Karima moest telkens een stukje draven om hem bij te houden. Hij droeg maar één tas; hij had het eten niet willen meenemen dat Khadizja voor onderweg had klaargemaakt.

'In het vliegtuig krijg ik genoeg te eten,' had hij gebromd, en hij leek niet te merken dat dat zijn vrouw pijn deed. Karima moest op haar tong bijten om er niets van te zeggen. Hoe kon hij het voedsel dat door liefdeloze handen was klaargemaakt vergelijken met de spijzen die zijn vrouw speciaal voor hem had bereid en zorgzaam ingepakt?

Karima bleef weer achter, en bekeek onder het lopen haar vaders rug. Hij was veranderd. Hij leek zijn energie verloren te hebben. Zijn schouders hingen meer af, het bovenste deel van zijn rug leek meer gebogen dan vroeger. Voor het eerst kon Karima zien dat haar vader oud begon te worden, een oude man, krom en afgeleefd.

Gelukkig, óúd was hij nog niet. Wat zouden ze moeten zonder Hadou nu ook Karim weg was? De werkkracht van haar vader, zijn bescherming, hield hen in leven, ook al woonde hij dan nog zo ver weg.

Khadizja had Hadou nog geprobeerd te vermurwen. Zij vond het bijna net zo erg als Karim zelf dat hij was weggestuurd. Ze had haar man erop gewezen dat het niet veilig was, twee vrouwen zonder man in huis. Maar Hadou had zijn hoofd geschud.

'Khalid komt elke donderdag en ik heb ook buurman Ali gevraagd een oogje in het zeil te houden. En de imam woont om de hoek, je kunt altijd naar hem toe gaan als er iets is.' En dat was dat. Het begon tot Karima door te dringen: als Hadou een beslissing genomen had, kwam hij daar niet op terug.

Arme Karim!

De bus stond er al, de motor ronkte en de laatste tassen werden opgeladen. Hadou wilde zijn tas bij zich houden en stond op het punt om in te stappen. Even dacht Karima dat hij haar al helemaal vergeten was. Toen draaide haar vader zich om, één voet al op de onderste tree van de ingang. Hij greep haar hand. Bij nader inzien zette hij zijn ene voet weer op de grond, liet zijn tas vallen en sloeg zijn armen om haar heen. Karima rook zijn baard, waarin nog geuren hingen van het eten van gisteravond.

Er schoot een gedachte door haar heen: dit is de laatste keer dat ik hem kan ruiken, kan voelen. Het maakte haar angstig, ze wílde dat niet denken, en tegelijk wist ze met stellige zekerheid: ik zie mijn vader niet meer terug.

Hadou hield haar nog steeds vast. Zijn adem was warm op haar kruin: 'Ik kom gauw terug, mijn dochter. Zorg goed voor je moeder, en zorg goed voor jezelf. En pas op de ezel. Als hij ouder is, wordt hij verstandig, dat zul je zien.' Daarna liet hij haar los en pakte zijn tas weer op.

Karima voelde dat achter haar ongeduldige mensen stonden, maar ze pakte haar vaders mouw beet: 'Kom je echt terug?'

Hadou glimlachte en knikte, en toen was hij de bus in gestapt en moest ze aan de kant gaan voor de andere passagiers. De vreemde zekerheid dat ze hem nooit terug zou zien, begon te vervagen. Natuurlijk zou Hadou terugkomen; hij móést! Ze liep langs de raampjes om te zien waar haar vader was gaan zitten, maar ze kon hem niet ontdekken. Toch zwaaide ze toen de bus optrok, in het wilde weg, en ze bleef zwaaien tot de bus uit het zicht was.

Ze voelde zich vreemd verloren ineens.

Geen Karim meer. Geen vader. Alleen nog een zieke vrouw en een dom jong meisje.

Pas op de ezel... Nu pas drong het tot haar door dat ze geen ezel meer hádden, dat Hadou zijn zoon had bedoeld.

Pas op de ezel – hoe moest ze dat doen? Hoe moest zíj dat doen?

De meisjeshut

Het groen van de lente maakte langzaam plaats voor het geel- bruin van de zomer. Het tempo van het leven vertraagde met het toenemen van de warmte, en met elk jointje dat Karim rookte. Sjokkend bracht hij zijn dagen door, terwijl de schapen knabbelden aan de steeds drogere struiken en de dagen elkaar tergend langzaam opvolgden, alsof ze ook sjokten. Elke avond als hij de schapen binnen hun omheining had gedreven, hield Karim zich met maar twee dingen bezig. Het eerste was zoetigheid jatten uit de kasten van tante Zohra – want zijn mond werd droog van de hasj. Het tweede was veel moeilijker. Hij probeerde uit de buurt van Ahmed te blijven, die de meeste weekenden thuiskwam van zijn kostschool in Medina. Eerst was dat wel gelukt, want zijn vroegere vriend was er ook niet zo happig op met Karim op te trekken. Maar nu wat er vroeger tussen hen was gebeurd vervaagde, begon Ahmed toenadering te zoeken. Karim wilde dat absoluut niet, want hij schaamde zich. Een knechtje was hij nu, een knechtje in dienst van de familie Sharif.

Dat de jongens op één kamer sliepen, was alleen uit vriendelijkheid, omwille van de oude vriendschap tussen Khalid en Hadou. En waarschijnlijk ook om Khalid in staat te stellen Karim beter in de gaten te houden – Ahmed had al eerder bewezen dat hij een brave verklikker was. De feiten waren de feiten: Karim was niet meer dan een knecht, minder nog, want hij kreeg niet eens betaald. Het geld dat voor hem werd 'opgespaard' had hij nog nooit gezien, en hij geloofde er ook niet in.

Hafid kwam ook niet opdagen, tegen zijn belofte in. Met Hafid om hem gezelschap te houden zou het leven nog draaglijk zijn geweest. Maar Hafid wist natuurlijk wel hoe saai het in het gehuchtje in de bergen was. Alleen Karima was een nacht komen logeren, maar die had slechts oog gehad voor Zeineb en trouwens, hij zat heus niet op een meisje te wachten!

'Wat heb je toch?'

Karim keek om. Ahmed was achter hem aangekomen. Het was nog vroeg op de zondagochtend. Ahmed had vrij, maar Karim moest er natuurlijk toch op uit.

'Wat doe je hier? Ga weg.'

'Ik mag toch lopen waar ik wil.'

Karim gaf geen antwoord. Dit was Khalids land.

'Waarom loop je voor me weg?'

'Dat zul jij niet weten, verrader.' Karim had een hekel aan zichzelf toen hij dat zei, maar hij kon niet anders; als je je niet kon verdedigen, moest je aanvallen.

'Verrader? Waarom noem je me zo?' Ahmed klonk echt verbaasd.

Karim vond het niet nodig om antwoord te geven. Hij liep alleen steviger door, de schapen voor zich uit drijvend. De hond blafte opgewonden en zwiepte onder het rennen met zijn pluimstaart – die dacht dat er iets leuks te gebeuren stond. Ahmed holde mee; hij was nog echt een kleine jongen want hij hijgde zelfs een beetje.

'Je denkt toch zeker niet dat ik verklikt heb dat je spijbelde?'

Karim wierp hem een minachtende blik toe, die, hoopte hij, alles zei.

'Want dat heb ik niet gedaan. Mijn vader hoorde het op de markt. Iedereen wist het. Karim! Iederéén wist het!'

Karim keek Ahmed weer even van opzij aan. Misschien was het wel waar. Ze waren goede vrienden geweest vroeger. Maar dat maakte geen verschil. Hafid was nu zijn vriend, en hij had geen behoefte meer aan kinderachtige jochies zoals Ahmed met zijn boekenwijsheid. Ha! Wat Karim van het leven wist, het échte leven, daar zou die schijtlaars van gaan blozen en stotteren!

Ahmed bood hem een paar gedroogde vijgen aan en voor hij

het wist, had Karim ze aangepakt en in zijn mond gestoken.

'Dus we zijn weer vrienden?' vroeg Ahmed natuurlijk meteen. Stomkop, schold Karim zichzelf uit.

Twee meisjes kwamen hen tegemoet. Ze gingen aan de kant voor de kudde, maar wierpen tersluikse blikken op de jongens. Karim kende ze nog wel: zijn vroegere buurmeisje Samira, en Naima van Bachir, die Tarcha werd genoemd, dove. Ze was doof. Hij kon Ahmed moeilijk wegsturen zolang die meisjes het konden horen. Zwijgend liepen Karim en Ahmed hen voorbij.

'Mag ik dan met je mee vandaag?' bedelde Ahmed toen ze buiten gehoorsafstand waren.

Aan één kant deed het Karim goed zijn oude vriend zo te horen smeken. Dat gesjouw met die schapen van oom Khalid was slecht voor zijn eergevoel, en de onderdanige houding van diens zoon bracht de zaken weer wat in evenwicht. Maar aan de andere kant kon hij Ahmed niet toestaan mee te gaan! Waar zou hij zijn jointje moeten draaien, wanneer zou hij het rustig op kunnen roken, als die pottenkijker de hele tijd in zijn nek liep te hijgen!

'Vrienden zijn, best,' zei hij daarom, 'maar je moet wel terug naar huis.'

'Waarom?' vroeg Ahmed verbaasd.

'Daarom,' zei Karim.

'Zeg dan waarom!' drong Ahmed aan. 'Ik heb geen zin om thuis te blijven vandaag. Ik ben toch geen meisje! Juist leuk, met de schapen op pad. Vroeger deed ik dat ook altijd op zondag.'

'Ik wil je er niet bij hebben,' zei Karim. Misschien zou zijn botheid Ahmed afschrikken.

Ahmed keek hem met een scheef lachje aan.

'Je hebt toch geen grietje in de heuvels? Stond die slome Tarcha soms op jou te wachten? Of loop je misschien gedichten te verzinnen?' Hij moest er zelf om grinniken.

Zuchtend haalde Karim zijn schouders op. Voorlopig kwam

hij niet van Ahmed af. Hij kon nu eenmaal niet de reden zeggen waarom hij alleen wilde zijn. Gedichten! Echt iets voor zo'n studiebolletje!

's Avonds merkte hij voor het eerst wat er gebeurde als hij niet rookte. Hij was humeurig en ongeduldig, werd kwaad toen Ahmed een grapje maakte over dichtende schaapherders, en had bijna een klap uitgedeeld. Na het eten probeerde hij alleen het huis uit te komen, maar Khalid had het in de gaten en vergrendelde de poort. Het was nog niet eens donker! En Ahmed bleef maar op zijn lip zitten, ging mee naar hun kamer toen Karim daar zijn toevlucht zocht, en drentelde weer mee toen Karim de binnenplaats op ging. Ten slotte vond hij even rust in het washok, maar hij had de hasj nog niet over de tabak gekruimeld of Zeineb bonkte op de deur: ze had de waterketel waarmee ze zich afspoelden gevuld en wilde de kleintjes wassen. Woedend propte Karim alles weer in zijn zak en duwde ruw de deur open, die tegen de ketel stootte. Water gutste over hen beiden heen, en ook Zeineb vroeg: 'Wat heb jíj nou?' Ze was verbaasd: wat had Karim in het washok te zoeken als er geen water was om zich mee te wassen?

Toen hij zijn hasj, vloeitjes en tabak weer in het gat onder zijn bed wilde verstoppen, merkte hij dat alles nat geworden was. De vloeitjes zaten aan elkaar geplakt en zouden straks tot één pakketje opdrogen. Het was zijn laatste pakje.

'Wat stinkt het hier,' zei Ahmed, die natuurlijk weer binnen kwam. Hij snuffelde in de lucht terwijl hij zich voorover op zijn eigen bed liet vallen.

Het was diep in de nacht toen Karim het waagde op de binnenplaats met zijn gezicht voor het luikje in de poort zijn eerste hasjsigaret van die dag te roken, gedraaid van krantenpapier, met voor zijn gevoel de ogen van het hele huisgezin in zijn rug. Pas daarna voelde hij zich ontspannen genoeg om te slapen.

Gelukkig hoepelde Ahmed 's maandags weer op naar zijn

internaat. Karim rookte een dubbele dosis om in te halen wat hij had gemist. Dat het krantenpapier muf smaakte en hem aan het hoesten maakte, kon hem niets schelen. Maar zijn voorraadje hasj slonk zo snel, dat hij zichzelf daarna op rantsoen zette. Met lede ogen zag hij hoe de hasj toch langzaam maar zeker opraakte. Op een woensdagmiddag was het laatste stukje verdwenen. Karim voelde in al zijn zakken en schraapte met zijn vingers over het cement in het gat onder zijn bed, maar hij vond geen kruimeltje meer. Knorrig viel hij die avond in slaap.

De volgende dag benaderde hij oom Khalid. Eerbiedig en beleefd.

'Zou oom Khalid me misschien vandaag mee willen nemen naar Souk el Khamiss?' vroeg hij. 'Ik zou mijn moeder en zusje graag eens op willen zoeken. Ik ben benieuwd hoe ze het maken.'

Khalid hield op met het opladen van zijn ezel en keek hem met hoog opgetrokken wenkbrauwen aan.

'Zo? Toen Karima hier logeerde had je anders weinig belangstelling voor haar. En ik kan me niet herinneren dat ik je ooit naar je moeder heb horen vragen.'

'Dat kwam omdat Karima alles al uit zichzelf vertelde,' verdedigde Karim zich.

'Hm. Het is niet toevallig die vriend van je die je mist?' vroeg Khalid. 'De zoon van die militair?'

'Wie bedoelt u?' vroeg Karim onschuldig. Té onschuldig, want Khalid zei: 'Het grootste stuk tuig van de markt dan – weet je nú wie ik bedoel?' Hij ging door met het opladen van de ezel, en toen Karim er koppig bij bleef staan, snauwde hij: 'Schiet op Karim, ga de schapen halen en maak dat je wegkomt. Ik heb je vader beloofd je hier te houden en ik denk dat ik je niet hoef uit te leggen dat je vader daar een heel goede reden voor had.' Het klonk dreigend en Karim slikte. Dus die twee mannen hadden het erover gehad. Over het geheim dat hij alleen met Hafid dacht te delen.

Hij deed wat hem gezegd was en koelde zijn woede die dag op de schapen. Een van de lammeren dwaalde steeds af en ten einde raad schreeuwde Karim: 'En nou doe je wat ik zeg of ik verkoop je aan de slager!'

De dagen zonder hasj sleepten zich nog trager voort dan daarvoor. Er gebeurde níéts in Douar! Er was geen lol te beleven, er viel geen kattenkwaad uit te halen – voor het spelen met waterkleppen was hij nu echt te oud. Er was nog geen burenruzie om wat leven in de brouwerij te brengen. Ahmed kwam thuis voor de grote vakantie, maar van hem had Karim alleen maar last. Hij ontwikkelde een hoofdpijn die op het heetst van de dag begon en niet meer overging tot hij 's avonds in slaap viel, heel laat, want hij was ook aan slapeloosheid gaan lijden. Het was niet te harden. Hij móést aan hasj zien te komen!

En zo begon wat hij in zijn woede had uitgeschreeuwd tegen het jonge schaap te veranderen in een plannetje. Hij zou het niet in zijn eentje kunnen uitvoeren; hij had de hulp van Hafid nodig. Maar hij kon niet wegkomen om het plan met zijn vriend te bespreken. Khalid hield hem nu nog nauwlettender in de gaten dan tevoren. Pas na een nacht woelen bedacht Karim de oplossing. Het kwam goed uit dat Ahmed weer vrienden met hem wilde zijn. En het kwam bijzonder goed uit dat het woensdag was: de dag vóór de markt in Souk el Khamiss. In de vroegte leende hij een stuk papier en een pen van hem en schreef een boodschap voor Hafid: 'Kom naar de meisjeshut, je ziet het wel. Breng 2/3.' Hij hoopte dat Ahmed, die bijna zeker stiekem zou lezen wat Karim Hafid te schrijven had, het niet zou begrijpen. In elk geval toonde Ahmed zich meegaand toen Karim hem vroeg het briefje aan Hafid te geven en uitlegde waar hij hem zou kunnen vinden. Ahmed scheen het niet erg te vinden dat hele eind te lopen om één briefje af te leveren. En dat nog wel voor het knechtje van de familie.

'Dan zoek ik meteen Ali weer eens op,' zei hij. 'Weet je nog, Karim, die bij ons in de klas zat vroeger.'

Ja, ook zo'n verrader, wilde Karim zeggen. Net op tijd hield hij zich in.

'Eerst mijn briefje,' zei hij, en hij dreigde: 'En als je het vergeet...!'

'Ik vergeet het heus niet!' zei Ahmed beledigd – maar nog steeds gewillig.

Karim was zenuwachtig die dag, en bijna had hij van het hele plan afgezien. Hij zou het Hafid later wel kunnen uitleggen. Maar toen kwam zijn hoofdpijn weer opzetten en wist hij dat hij geen andere keus had.

De meisjeshut, dat zou alleen Hafid begrijpen. Ze waren samen geweest toen ze de oudere jongens erover hadden horen praten. Het was een schaapherdershutje halverwege Souk el Khamiss en Douar, een stukje van het pad gelegen. Er werd gezegd dat bepaalde jongens daar op bepaalde dagen met bepaalde meisjes afspraken om niet nader bepaalde dingen te doen. Hafid en hij waren altijd van plan geweest er eens stiekem een kijkje te nemen, maar het was er nooit van gekomen. Karim was het hutje op zijn zwerftochten met de schapen tegengekomen. Hafid zou er bij de oudere jongens gemakkelijk naar kunnen vragen.

Daar ging hij nu heen, met zijn kudde en de hond. Het was een flink eind lopen, en de schapen moesten natuurlijk onderweg eten, zodat ze met luid geblaat protesteerden toen hij het tempo opjoeg. Maar hij wilde zeker weten dat hij het zou halen. Op de terugweg zou hij het rustig aan doen, dan konden ze grazen wat ze wilden.

Het hutje lag er verlaten bij. Het was misschien niet meer in gebruik; het hout was grijs verweerd en de deur hing scheef in zijn sponning. Karim verzamelde de kudde om zich heen, wat makkelijk ging met hulp van de hond. Toen stak hij een sigaret op en koos op zijn gemak een van de lammeren uit. Ze waren al een paar maanden oud en bijna even groot als de volwassen schapen, en hun vacht was ook al een stuk gegroeid. Toch zou de ooi van wie het lam werd afgepakt misschien nog trammelant maken, daarom koos hij er een uit van een schaap dat een tweeling had gekregen. Het was een jonge ram. Even moest hij aan Karima denken. Zij tweeën waren ook uit elkaar gehaald. Zij was nog veilig thuis en hij...

'Ik ben voor de slager!' Hij lachte hardop. Dat was ook zoiets stoms: als je de hele dag alleen was, begon je in jezelf te praten, als een oud mannetje. Hij greep het lam dat hij had uitgekozen bij nek en rug en duwde het naar binnen, de meisjeshut in. Hij kon alleen maar hopen dat er vandaag geen vrijlustige paartjes zouden komen. Of stel dat Hafid het verkeerd begrepen had, en een meisje zou meebrengen? Maryam bijvoorbeeld, hun buurmeisje in Souk el Khamiss? Maar dan zou hij zijn vergissing begrijpen zodra hij het rammetje zag en het meisje met een smoesje naar huis sturen. In het ergste geval zou Karim het beest de volgende dag weer mee naar huis nemen, want hij was van plan de volgende dag te komen kijken of Hafid had gedaan wat er van hem verwacht werd.

Het zou al nacht zijn als Hafid met het lam in de marktplaats aankwam. Een paar uur zou hij zich wel verborgen kunnen houden. En zodra het licht werd, zouden de boeren uit de omgeving met hun dieren uit alle hoeken en gaten opduiken en dan zou hij niet meer opvallen. Hij moest er alleen voor zorgen dat hij het lam verpatst had voor Khalid arriveerde.

En dan...

Karim verzonk even in een heerlijke droom over wat hem te wachten stond. Toen haalde hij het touw uit zijn broekzak en bond het om de nek van het jonge dier. Hafid zou wel niet goed weten hoe hij met schapen om moest gaan en zonder het moederschaap in de buurt zou het stomme ding misschien de kolder in zijn kop krijgen. Hij legde er een lus in die Hafid alleen maar hoefde los te trekken, schudde wat krachtvoer uit zijn andere broekzak en sloot de deur stevig achter zich, met een zware steen ervoor. Toen vertrok hij weer, tussen de bergruggen en heuvels door in de richting van Douar. Hij had geen haast meer.

Bij zijn terugkeer in het dal waarin het huis lag, begon zijn hart te bonzen. Van ver al zag hij dat oom Khalid naar hem uit stond te kijken. Gewoon doen, hield hij zich voor, doorgaan met ademhalen, niets aan de hand... Bonkbonk, bonkbonk, bonkbonk, antwoordde zijn hart. Maar Khalid merkte niets. Hij had op zijn graanakker gewerkt en keek niet echt; hij staarde alleen maar moe voor zich uit terwijl hij wachtte tot Karim klaar was. Het léék vriendelijk, dat hij wachtte op de zoon van zijn beste vriend voor hij naar binnen ging om zich te wassen en te eten, maar het was natuurlijk allemaal onderdeel van dezelfde opzet: Karim opgesloten te houden.

Maar hij was Khalid te slim af geweest!

Trouwplannen

Meteen toen Karima binnenkwam in het huis van haar vriendin Fatima, merkte ze dat er wat aan de hand was. Er hing iets feestelijks over de binnenplaats. Kleden en kussens gaven aan waar net een maaltijd had plaatsgevonden, de geuren van gestoofd vlees en groenten en gebak hingen er nog. Het gebabbel in de keuken klonk vrolijk en opgewonden en er waren stemmen bij die Karima niet kende. Fatima kwam met een teiltje afwas de binnenplaats op en Karima zag meteen dat ze haar ogen had opgemaakt. Karima's hart begon sneller te kloppen. Ze wist wat er aan de hand was! Het was zomer – Mustafa en zijn familie waren weer gekomen! De knappe jongen die in Frankrijk studeerde en die bij zijn vorige bezoek op die speciale manier naar haar gelachen had! Veel te brutaal eigenlijk, haar vader zou een beroerte krijgen als hij het wist, maar Karima droomde nog steeds van dat lachje. En van die mooie witte tanden! En die fraaie lippen! Die slanke vingers, die niet ruw waren van hard werken maar zacht als van een vrouw...

Fatima kwam op haar toe; ze huppelde bijna. Ze duwde Karima een vuile pan in haar handen en zoende haar, zomaar, op haar wang.

'Blij dat je er bent! Ik barst bijna! Ze zijn verloofd!'

'Wie, wat?' stamelde Karima.

'Nou, Maryam en Mustafa natuurlijk. Klinkt dat niet mooi: Maryam en Mustafa? Mustafa en Maryam... Hij is klaar met zijn school. Nog een jaar, dan gaan ze trouwen. Maryam gaat in Frankrijk wonen! Precies zoals ze altijd heeft voorspeld!' Ze draaide de kraan open en liet het water kletterend in de teil lopen. 'Wacht even, dan haal ik het hete water.'

Karima was blij dat ze even alleen was. Haar hart bonsde

alsof ze een uur hardgelopen had. Mustafa ging met Maryam trouwen. Met zijn eigen nicht... Maar hij had naar háár gelachen! Naar Karima Ramdani! Háár had hij leuk gevonden – Maryam had hij geen blik waardig gekeurd.

En wat dacht Maryam eigenlijk van de zaak? Zo minachtend als ze de vorige keer over haar neef had gepraat...

Fatima kwam terug met een ketel water, die ze in de teil leeggoot, én Maryam. Het leek wel alsof het oudere buurmeisje van de ene op de andere dag veranderd was. Ze keek zó verwaand opeens! Karima had zin die zelfgenoegzame glimlach van haar gezicht te slaan. In plaats daarvan begon ze braaf Fatima te helpen met de afwas. Maryam stond toe te kijken, alsof ze ineens te goed was voor huishoudelijk werk. Ze strekte haar rug en rekte haar nek om langer te lijken. Tsss, dacht Karima, vergeefse moeite. Binnen een jaar na haar huwelijk zou ze een kort, dik propje zijn. Ze was lang niet mooi genoeg voor Mustafa!

'Waar... waar is iedereen eigenlijk?' Karima had haar stem niet helemaal onder controle.

'De mannen zijn een eindje om, het nieuws vertellen aan de rest van de familie. Mijn tante en mijn nichtje zijn bij yema in de keuken.' Fatima leek niet te merken dat Karima van slag was.

'En... de bruiloft is over een jaar?'

'Ja,' zei Maryam. Ze klonk tevreden. 'Mustafa gaat eerst werk zoeken, en een huis. Als hij helemaal is ingericht, komt hij mij halen.' Ze streek met haar handen langs haar heupen en strekte zich uit met haar handen boven haar hoofd, precies zoals de wulpse filmsterren in hun favoriete tv-serie vaak deden.

Karima begon het te begrijpen. Er deden de laatste tijd praatjes de ronde over Maryam. Ze werd met jongens gezien, dat zeiden de mensen tenminste. Er was zelfs al eens ruzie geweest, omdat iemand had verkondigd dat ze met een jongen in de oude Renault had gezeten. Haar vader Ali en haar broer hadden degene die die roddel verspreidde hardhandig afgestraft. Maar Maryams reputatie had toch een smet opgelopen. Haar ouders moesten blij zijn dat ze haar aan een bekende hadden kunnen koppelen. Een bekende die de roddels niet gehoord had... Als je er goed over nadacht, was die overhaaste verloving eigenlijk een afgang. Zou Mustafa's vader wel voor haar betalen? Of deed Ali zijn dochter voor een schijntje van de hand, maar al te blij dat hij van haar af was vóór ze schande over de familie had kunnen brengen?

Hoe dan ook: Mustafa was natuurlijk een goede partij... hij was knap, hij had een goede opleiding, én hij woonde in Europa. Maryam had alle reden om tevreden te zijn.

Eindelijk durfde Karima te vragen: 'En jij, Maryam? Ben je blij? Ik vergeet je geluk te wensen – gefeliciteerd.' Het kwam er geknepen uit, maar Maryam merkte het niet op.

'Iederéén zou blij zijn met een man als Mustafa! Hij is zó knap! Ik weet nog goed hoe je zelf naar hem liep te lonken. Je zou maar al te graag in mijn schoenen staan!'

'Ik?' bracht Karima uit. Voor meer had ze geen adem.

Maryam draaide zich om en liep heupwiegend naar de keuken terug. Ze zag er belachelijk uit, dacht Karima boos. Ze was maar een gewoon dorpsmeisje, net als zij. Niks bijzonders. En niet eens een fatsoenlijk meisje. Wacht maar tot Mustafa dáár achter kwam!

Even schoot het door haar heen dat ze de jongen op de hoogte kon brengen van Maryams slechte naam. Maar toen gaf ze zichzelf op haar kop. Dat zou gemeen zijn.

'Ik ga er logeren,' zei Fatima die haar handen in het sop liet rusten. 'In Frankrijk. En als Maryam kinderen krijgt, mag ik op ze passen. Misschien blijf ik er wel.'

'Dromen,' zei Karima. 'Het echte leven ziet er heel anders uit.' Ze zette de kraan wijdopen en begon met veel gespetter de borden af te spoelen. Het waterstroompje dat onder de poort door de straat op sijpelde, veranderde in een beek.

Het echte leven zag er heel anders uit dan de dromen van... Karima. Ze had het vooral tegen zichzelf gezegd.

Het was een mooie, dikke plak hasj, zo groot als Karim nog nooit gezien had. Hafid had eraan gedacht vloeitjes mee te brengen en sigaretten, voor de tabak. En dat allemaal van de opbrengst van één miezerig rammetje dat niet eens gemist werd! Vrijdagmiddag hadden ze vrij – normaal moest Karim dan met oom Khalid mee naar de moskee, maar vanwege het bezoek van Hafid had tante Zohra hem daarvan vrijgesteld. Natuurlijk had Ahmed met hen mee gewild, maar Hafid had hem naar huis gestuurd om wat vijgen en water te halen, en toen had hij Karim bij de arm gepakt en waren ze hard wegge- rend. Karim vond het wel een beetje zuur voor Ahmed, maar de vrijheid was heerlijk! Een hele middag niks anders doen dan roken, en kletsen over het nieuws uit Souk el Khamiss!

Dat was nu een week geleden. Karim had zijn kostbare bezit in twee stukken verdeeld. Het grootste had hij verstopt in het verlaten herdershutje, en een klein hompje in het gat onder zijn bed. Als dat ontdekt zou worden, viel de schade tenminste mee. Met wat hij had zou hij weken, misschien maanden kun- nen doen. En daarna zou hij een nieuw schaap kunnen stelen, al zou dat moeilijker zijn. De rammen werden verkocht aan de fokkers die ze vetmestten voor het Offerfeest, en oom Khalid zou toch wel precies weten hoeveel ooien hij had.

Maar voorlopig had hij geen zorgen!

Zo liep Karim te denken toen hij op vrijdagmiddag voor het eten – lekker: couscous! – een ommetje maakte door het dorp. Hij bleef staan bij het huis van Omar, die zijn televisie buiten had gezet zodat de rest van het dorp kon meegenieten van een voetbalwedstrijd om de Afrikacup. Even later was hij verdiept in de wedstrijd tussen Ghana en Marokko en gaf luidkeels commentaar, net als de andere mannen. Opeens werd hij bij zijn schouders gegrepen. Oom Khalid stond achter hem en sleurde hem ruw mee.

Karim begreep dat hij beter niet kon protesteren: dan zou iedereen op hem letten en willen weten wat er aan de hand was. Tijdens het lopen probeerde hij te bedenken wat hij misdaan had. Het hek in de omheining voor de schapen open laten staan? Nee, dat had hij dichtgebonden met een stuk touw. Brutaal geweest tegen tante Zohra? Nee, dat was hij nooit. Ja, Ahmed voor de gek gehouden, maar dat was al een week geleden. Zou oom Khalid dan zijn schapen hebben geteld? Het zweet brak hem uit.

Hij werd naar binnen geduwd in de kamer die hij met Ahmed deelde, en zag het meteen. Een emmer stond nog midden in de kamer; de zwabber was gevallen en er lag een plas water op de betonnen vloer. Zijn bed was aan de kant geschoven. Zeineb, of wie het ook was die hier had schoongemaakt, was misschien met de zwabber tegen het losse stuk beton aangestoten; het lag omver en het stuk papier waarin de hasj gewikkeld was geweest lag open. De hasj was verdwenen.

Oom Khalid sloot de deur achter zich. Hij trok zijn riem uit de lussen van zijn broek.

'Trek je hemd uit.'

Karim trok zijn hemd uit.

Oom Khalid wees naar het tafeltje.

'Bukken.'

Wat kon hij doen? Karim bukte gehoorzaam, zijn handen op tafel.

'Met je ellebogen.'

Karim bukte dieper en steunde op zijn onderarmen.

De eerste slag voelde hij niet meteen, pas na een fractie van een seconde kreeg zijn lichaam door hóéveel pijn het deed. De tweede slag vlijmde over de eerste heen, en bij de derde kon Karim geen adem meer krijgen. Hij hijgde en kreunde bij de vierde, en bij de zesde voelde hij iets warms langs zijn benen lopen. Tien slagen gaf oom Khalid met zijn riem, en toen hij klaar was, droop het bloed langs Karims rug. Hij zakte huilend in elkaar. Pas een kwartier later kon hij weer normaal ademhalen. Kreunend stond hij op en liet zich op zijn buik op het bed vallen waar het stond, nog steeds een eind van de muur. Etensgeuren dreven over de binnenplaats, maar Karim verroerde zich niet. Zijn broek voelde klam aan, en de gele plas op de vloer begon te stinken, maar hij deed er niets aan. De pijn was te erg. En de schaamte.

Later ging de deur open en kwam Zeineb binnen. Karim keek niet op, maar hij herkende haar aan haar manier van bewegen en ademhalen. Ze ruimde de troep op.

'Trek je broek uit, dan zal ik hem wassen. Leg maar voor de deur.' Ze deed haar best heel gewoon te klinken.

Zodra ze weg was, deed Karim wat hem was gezegd. Iedere beweging deed pijn, maar de stank die van zijn broek afsloeg, maakte zijn schaamte nog groter. Gelukkig stond er een restje water in de kan op tafel, hij waste zijn kruis en zijn benen een beetje en trok een schone broek aan. Zijn hemd kon hij niet aan, alleen de gedachte al deed zeer. Hij ging weer voorover op bed liggen en probeerde te vergeten dat hij bestond.

Er kwam opnieuw iemand binnen en deze keer was het Khalid, die hoorbaar ademhaalde, bijna snuivend. Maar hij schreeuwde niet. Zijn stem klonk laag en dreigend toen hij zei: 'Ik vroeg me af hoe je aan het geld gekomen was, dus ik heb de schapen geteld. Morgen ga ik naar de slager om te vragen of hij een schaap met mijn oormerk heeft geslacht.' Hij liet een stilte vallen. Karim wachtte roerloos af. Khalid ging door: 'Maar bewijs heb ik niet nodig. Je zwijgen zegt genoeg. Die vriend van je zal je wel geholpen hebben. Hoe dan ook, je bent ontslagen. Morgenvroeg verlaat je Douar. Ik wil je gezicht hier nooit meer zien.'

De stilte werd loodzwaar; oom Khalid wachtte kennelijk ergens op. Eindelijk zei Karim: 'Ja, oom Khalid.'

'Ik weet wat jij nodig hebt,' zei Khalid dreigend. 'Ik schrijf meteen aan je vader.'

De deur viel met een klap dicht. De langste nacht van Karims leven begon.

Giechelend en hun best doend om niet in de stekelstruikjes te stappen, liepen Karima en Fatima over het veld bij de rivier.

Het was laat; het schemerde al. Ze waren stiekem weggeslopen, ook al dacht Karima dat Fatima maar wat kletste.

'Ik zweer het je! Ik hoorde het van Hamid en die had het van Abdelrachid en die had het van Hafid. Hij is er, echt!'

Karima schudde haar hoofd, maar ze ging toch verder. Als het waar was, zou het grappig zijn om zo onverwacht op te duiken. Lenig sprong ze in de begroeide greppel en sloop tussen de struiken door, om het autowrak van achteren te benaderen. Wie er ook in zat, hij zou zich rot schrikken als de twee meisjes opeens opdoken!

Ze giechelde nu niet meer, en Karima fluisterde toen ze glimlachend zei: 'Je hebt wel veel voor hem over zeg! Je moet wel héél gek op hem zijn!' Toen greep ze haar vriendin vast. Er zat inderdaad iemand in de roestige Renault; ze had een beweging gezien!

'Hij is het!' fluisterde Fatima.

'Welnee...' zei Karima aarzelend. Maar ze wist dat Fatima gelijk had. Ze kon haar broer ook aan zijn bewegingen herkennen, zelfs in het schemerduister. Ze begon weer te lopen. Wat deed Karim hier? Had oom Khalid hem laten gaan? Waarom kwam hij niet thuis? Er was bericht van hun vader gekomen. Hadou was aan het sparen om zijn zoon naar een internaat te sturen. Alles was vergeven; na de zomer zou hij naar school mogen gaan. Karim had ook altijd geluk!

Maar waarom zat hij hier verscholen, als een zwerver?

Opeens suisde er iets langs hun hoofden; met een scherpe tik knalde er een steen tegen een stammetje ergens achter hen.

'De volgende keer schiet ik raak!'

'Karim! Ik ben het, en Fatima!'

Karim stond op. Hij had gebukt naast de auto gezeten en geschoten door het raampje van een openhangend portier. Zijn katapult hield hij nog dreigend omhoog, maar toen Karima dichterbij kwam, liet hij hem zakken.

'O, zijn jullie het. Wat doen jullie hier, mogen jullie nog buiten?'

'Wat doe jíj hier?' riep Karima uit. Ze vergat haar stem te dempen. Maar hier was toch geen mens op dit uur.

Karim haalde zijn schouders op. 'Niks, ik heb er de brui aan gegeven. Ik ben weggelopen. Ik blijf hier tot...'

'Tot?'

'Tot... ik weer werk heb natuurlijk.'

'Tot baba je naar dat internaat stuurt bedoel je,' zei Karima, om hem uit te dagen. Bij haar weten wist Karim nog niets van dat plan. Maar haar broer reageerde er niet op. Misschien dacht hij dat ze maar wat zei.

Karima duwde Fatima naar voren.

'Fatima wil je wat vragen.'

Fatima begon weer te giechelen.

'Nee hoor. We... we wilden alleen weten of je echt terug was. Ze zeiden het in het dorp.'

Karim draaide zich om. 'Nou, ik ben er.'

Karima keek hem aan. Weggelopen. Terwijl hij nog maar één zomer schapen hoefde te hoeden voor hij naar school mocht, naar een echt chic internaat in Medina. Karim was haar broer, maar zoals hij daar stond leek hij een vreemde.

'Is er wat te zien? Nee? Donder dan maar weer op,' zei hij.

'Wat doe je bot! En dat tegen Fatima – vind je Fatima niet aardig?'

Verbaasd draaide Karim zich om. Hij bekeek hen een tijdje, totdat Fatima verlegen werd en Karima aan de hand meetrok.

'Nou, we moeten gaan hoor, we moeten naar huis.' Ze klauterde tegen de helling op en holde dwars over het veld in de richting van het dorp.

Karima riep nog over haar schouder: 'Ik breng je morgen wel wat!' Als zij hem eten bracht, dan zou hij misschien naar haar luisteren. Dan zou alles misschien weer gewoon worden tussen hen. En misschien kon Fatima dan nog eens meekomen en dan zou Karim verliefd kunnen worden op Fatima en dan gingen ze trouwen en dan kwam Fatima bij hen in huis wonen en dan hoefde Karima niet meer al het werk alleen te doen en... 'Ik zal wat lekkers voor je maken.'

Maar Karim schreeuwde woedend: 'Nee!'

Hij wilde geen hulp. Goed, dan moest hij het zelf maar uitzoeken. Donderdag zouden ze van oom Khalid wel horen wat er aan de hand was.

Karim dacht dat hij zo geweldig was – nou, Karima was toevallig ook slim. Op haar eigen manier. Haar vader hoefde zich geen zorgen te maken. Zij zou wel op de ezel passen!

Toen oom Khalid die donderdag kwam, was het niet gezellig zoals anders. Karima werd naar de koeienstal gestuurd, zodat de vriend van hun vader rustig met haar moeder zou kunnen praten. Ze verzon redenen om over de binnenplaats te lopen en ving een glimp op van haar moeders gezicht, met een dikke rimpel tussen haar wenkbrauwen. Slecht nieuws? Maar ze kon niet blijven staan om te luisteren waar ze het over hadden.

Ook 's avonds, toen oom Khalid weer was vertrokken, vertelde haar moeder niet welke berichten hij had meegebracht. Haar gezicht stond zorgelijk en haar mond was een smalle streep, maar ze zweeg over wat haar dwarszat. Pas twee dagen later, toen ze samen met Karima bonen zat te doppen op de binnenplaats, vroeg ze plotseling: 'Herinner jij je Naima nog?'

'Nee...' zei Karima verbaasd. Ze kende geen Naima.

'Jawel,' zei haar moeder. 'Het dochtertje van Bachir, uit Douar. Ze is doof.'

'O, Tarcha!' riep Karima uit. Tarcha was al zó lang de bijnaam van het meisje dat ze vergeten was hoe ze echt heette.

'Ja, die,' zei Khadizja.

'Wat is daarmee?' vroeg Karima.

'Niets,' zei haar moeder. 'Wat vind je van haar?'

'Niks,' zei Karima. 'Ik ging niet met haar om. Ze was vriendin met Samira en die twee, nou, het leek alsof ze altijd met z'n tweeën geheimpjes hadden. Alsof ze iedereen uitlachten. Samira is lelijk en Tarcha is doof, maar ze deden net alsof ze beter waren dan iedereen. Ze waren – toen tenminste – achterbaks.'

'Ze is nu vijftien,' zei Khadizja. 'Oud genoeg om te trouwen.'

'Wie zou er met haar willen trouwen?' riep Karima uit, en toen begreep ze het. Dat was wat oom Khalid was komen zeggen. Hij wilde dat dove, achterbakse kind koppelen aan Karim!

'Nee hè!' riep ze.

'Hij heeft er al met je vader over gesproken,' zei Khadizja met een grafstem. 'Over de telefoon.' Khadizja hield niet van de telefoon, die volgens haar was uitgevonden om slecht nieuws over te brengen.

'Maar baba zou hem naar Medina sturen!' riep Karima uit.

'Die brief was oud,' zei haar moeder. 'Geschreven voordat je vader wist dat je broer een schaap gestolen had.'

'Wat!?'

Khadizja knikte. 'En gestolen van zijn vaders beste, zijn enige vriend. Van de man die altijd onze weldoener is geweest.'

'Dat geloof ik niet,' zei Karima. Maar dat was niet waar. Ze geloofde het wel. Ze wilde alleen niet dat het waar was.

'Dus daarom hebben de mannen besloten dat Karim moet trouwen,' ging Khadizja verder. 'Om hem eindelijk verantwoordelijkheidsgevoel bij te brengen.'

Karima schudde haar hoofd. Ook al was het vreselijk wat haar broer nu weer had uitgehaald, ze had alleen maar medelijden met hem. Trouwen met die trut! Arme, árme Karim!

Zakken vullen

Ze hadden geoefend, en als Karim had gedacht dat het een makkie zou zijn, was hij bedrogen uitgekomen. Elke keer als hij zijn hand in Hafids broekzak stak, had die hem vastgegrepen. Betrapt! Toen hadden ze de rollen omgedraaid. Hafid bleek beter geschikt voor het eigenlijke handwerk. Hij slaagde er schijnbaar zonder moeite in kleine jongens hun tollen, eindjes touw en snoepgoed afhandig te maken. Karim zorgde voor de afleiding. Het acteerwerk, zoals hij het zelf noemde, en daar bleek hij juist uitzonderlijk geschikt voor. Hij bedacht voor elke mogelijke situatie een ander trucje.

Het oefenen had tijd gekost, en aan zijn afzakkende broek voelde Karim dat hij mager was geworden. Gelukkig hadden ze kunnen teren op het grote brok hasj dat in de meisjeshut verstopt had gelegen. Karim had het meegenomen toen hij te voet terugkeerde naar de marktplaats. Sinds zijn woede-uitbarsting had oom Khalid geen woord meer tegen hem gezegd, en tante Zohra en Zeineb hadden hun ogen neergeslagen gehouden en ook gezwegen. Karim was 's ochtends vroeg het huis uit geslopen; hij was vast van plan nooit meer zijn gezicht te laten zien in Douar. Nooit en nooit meer!

Eindelijk was Hafid van oordeel dat ze klaar waren om aan de slag te gaan. Ze waren niet zo stom om in Souk el Khamiss te blijven. Daar kenden de mensen hen te goed, en hun reputatie was er niet geweldig. Daarom reden ze met vrachtwagens mee naar de andere marktplaatsen in de buurt. Soms moesten ze vroeg op, want de drukke uren in de ochtend waren de beste. De vrachtwagenchauffeurs dachten dat ze met klusjes aan de kost hoopten te komen. Maar veel kon het hun niet schelen, want de meesten kwamen niet uit Souk el Khamiss en kenden de jongens niet.

Het was druk in het stadje, druk en warm. Karim stond te koekeloeren bij een stalletje met huishoudelijke apparaten, ergens midden in de smalle gangetjes van de bazaar. Hij hield een dikke man in het oog die omstandig een mixer stond uit te zoeken. Hij liet zich adviseren, maakte luidkeels op- en aanmerkingen, en leek vooral bezig de belangrijke klant uit te hangen. Zijn bruine broek zat strak om het middel en in de liezen, zodat zijn zakken wijdopen gaapten. In de rechter zat een dikke portemonnee, alsof hij wilde tonen hoeveel geld die bevatte.

Die dikzak smeekte erom beroofd te worden!

Volgens Hafid waren er heel veel van zulke mensen. Vrouwen waren het beste doelwit, dat hadden ze die ochtend gemerkt. Behalve hun boodschappen hadden die meestal een paar kinderen bij zich. En vroeg of laat gebeurde het dan dat een van die kleintjes het op een janken zette of zomaar wegliep of naar het snoepgoed graaide. Op zo'n moment lette de moeder uitsluitend op haar lastpak. Soms kon je de portemonnee dan zó uit haar boodschappentas pakken, waar hij boven op de uien of artisjokken lag te wachten tot hij gestolen werd... Het enige nadeel was dat vrouwen meestal niet zoveel geld bij zich hadden. Om uien of artisjokken te kunnen betalen had je nou eenmaal niet zoveel nodig. Daarom loerde hij nou op meneer Dikzak. Die had zo te zien nogal wat te verteren.

Hij overwoog welke afleidingsmanoeuvre hij zou gebruiken. Ze hadden een heel stel trucs geoefend en nog een stel doorgesproken. Je kon niet elke keer met hetzelfde komen, dat werd doorverteld en de marktkooplieden waren ook niet van gisteren. Er waren er een paar waar Karim niet dol op was: iemand een duw geven of laten struikelen gaf wel een hoop opschudding, maar het lag niet echt in zijn aard. Een stapel blikken of dozen omduwen leek te veel op kattenkwaad; je kon ervoor gepakt worden.

Zelf doen of hij een epileptische aanval kreeg kon hij heel goed – hij hoefde alleen maar zijn moeder te imiteren. Maar dat stond hem een beetje tegen, omdat het was alsof hij zijn zieke moeder bespotte. Toen ze het hadden uitgeprobeerd, hadden ze de slappe lach gekregen, maar daar had Karim een naar gevoel aan over gehouden.

Ruzie schoppen was leuk, en dat werkte altijd, vooral als het op vechten uitliep, dan bemoeide iedereen zich er tegenaan en lette niemand op zijn bezittingen. Karim was niet bang voor een paar klappen. Hij bekeek de koopman eens: zou die in zijn voor een lekkere rel? Als meloenenverkoper had hij aardig wat mensenkennis opgedaan en deze man leek hem te bedaard. Sloom bijna. Meneer Dikzak zelf dan? Hm, te gevaarlijk. Nee, hij besloot tot een andere tactiek.

Karim wachtte op een gunstig moment, en dat kwam toen een kleine jongen aan zijn andere kant kwam staan en gretig naar de walkmans staarde. Opeens gooide Karim het radiootje dat hij stond te bekijken pardoes op de tafel en wees naar de knul.

'Dief, dief! Hij heeft mijn geld!' schreeuwde hij.

Eén seconde lang staarde de jongen hem wezenloos aan, maar toen de koopman een dreigende uitroep slaakte, zette hij het gelukkig op een lopen. Karim vloog er achteraan: 'Dief! Dief!' Andere mensen begonnen aan de achtervolging mee te doen. Het duurde nog geen minuut of Hafid was naast Karim, ook luid 'Houd de dief!' gillend. Dat was het teken; zodra ze een zijsteegje zagen, schoten ze weg. Meteen gingen ze langzaam lopen. Ze hoorden achter zich nog het rumoer van de achtervolging, maar ze hoefden niet te weten hoe het met de kleine jongen afliep. De koopman zou hem wel te pakken krijgen en dan kreeg hij een pak slaag. Nou ja.

Via kleine steegjes verlieten ze de bazaar en in een parkje aan de overkant van een drukke weg gingen ze op een bankje zitten. Ze keken goed om zich heen, maar geen van de oude mannen op de andere bankjes lette op hen. Toen pas liet Hafid zijn buit zien. De portemonnee bevatte meer geld dan ze die hele dag bij elkaar hadden gejat.

'Jammer voor mevrouw Dikzak,' zei Karim. 'Daar gaat haar mixer.' Hafid grijnsde en wiste het zweet uit zijn wenkbrauwen.

'Genoeg voor vandaag,' zei hij. Hij stopte de bankbiljetten in zijn zak, schudde het kleingeld uit de beurs en liet die toen vallen tussen de struiken achter de bank.

'Nooit de portemonnee bewaren, die kan je verraden,' zei hij deskundig. 'Geld is anoniem.'

Hij stak zijn neus in de lucht en snoof. Aan de rand van het park stond iemand spiesen met stukjes schapenvlees te roosteren. 'We gaan eten en een blowtje draaien. En dan nemen we de bus terug naar huis. Of zullen we een taxi nemen?'

'Patser,' zei Karim. 'De bus is luxe genoeg voor mij.' Want de buit zou niet altijd even groot zijn als vandaag. In elk geval hadden ze nu genoeg om hasj te kopen.

Soezerig keek Karim een paar uur later uit het busraam naar het voorbijglijdende landschap. Zijn bloes plakte aan de rugleuning en het zweet liep in straaltjes zijn kraag in, maar toch was hij tevreden. Zijn nieuwe handwerk beviel hem wel. Dit was beter dan je keel schor schreeuwen en met kisten en zakken zeulen! Ja, hij had hoge verwachtingen van zijn nieuwe carrière. Met een meewarig lachje dacht hij terug aan de keer in Medina dat hij zelf te grazen was genomen door een zakkenroller. Wat een jochie was hij toen nog geweest!

Jammer genoeg gingen de zaken niet altijd zo goed. Ze konden zich niet te vaak in dezelfde plaats vertonen, dus er gingen ook dagen verloren. Dagen waarop ze in hun eigen dorp rondhingen en steeds grotere gaten sloegen in hun hasjvoorraad.

Op wat ze werkdagen noemden, moesten ze geld uitgeven aan reizen en eten, dat duurder was in de grotere marktplaatsen. Als ze dan alleen maar huishoudportemonnees buitmaakten, bleef er weinig over. Hun grootste kostenpost bleef de hasj, die steeds sneller leek op te gaan. Van de grote plak uit de meisjeshut was allang niets meer over. En ze zouden moeten sparen, want als hun vaders thuiskwamen voor de vakantie, zou er van het 'werken' wel niet veel meer terechtkomen. Vaders waren wantrouwiger dan moeders, en minder meegaand. Karim liet zich weliswaar thuis nooit zien, maar Hadou zou hem gauw weten te vinden. Als zelfs Karima al wist waar hij zat!

'We moeten bezuinigen,' zei Karim op een dag. Het was rond het middaguur, warm en stil. Insecten zoemden, schapen blaatten, wat er over was van de rivier murmelde over een paar stenen. Ze zaten in de schaduw van de auto, Hafid tegen de velg geleund, Karim met zijn rug tegen het roestige portier. Hij had al eens een rooftocht ondernomen naar zijn eigen huis, om een nieuw stel kleren te bemachtigen, maar die waren alweer versleten. Hafid, die nota bene thuis woonde, zag er al even haveloos uit. Eigenlijk hadden ze betere werkkleding nodig. Armoedige schoffies werden meteen verdacht. Maar op nette jongens, misschien zelfs met een portemonnee in hun achterzak, werd niet zo gelet.

'We moeten bezuinigen en kleren kopen.'

'Ik héb kleren!' zei Hafid beledigd.

'Ja, maar ik bedoel echt dure spullen. Daarmee kun je je ook in restaurants vertonen.'

'En in chique hotels!' zei Hafid geestdriftig.

'Ja... Maar dan moeten we wel verder reizen.'

'Klopt. Meer investeren. Maar de opbrengst wordt dan ook veel hoger! Zou jij niet graag zo'n deftige dame van haar geld bevrijden?'

Ze mijmerden al rokend gezellig een uurtje door over het uitbreiden van hun onderneming. Maar aan het eind daarvan kwam Karim weer op hetzelfde uit: 'We moeten bezuinigen. Eerst op de hasj.'

Hafid keek benauwd.

'Het kan niet anders, man. We moeten wel.'

'Dan breiden we maar niet uit!'

'Dan nog.' Karim hield vol, omdat hij wist dat hij gelijk had.

Zoals ze er nu uitzagen, als een stel schooiers, werden ze door iedere marktkoopman in de gaten gehouden. Ze waren de afgelopen week al op veel plekken weggestuurd. De opbrengst was bedroevend laag geweest.

'Oké dan,' zei Hafid. 'Ik bedenk er wel wat op.'

Karima kwam geen eten meer brengen, maar dat was niet erg. Karim leefde van wat ze van hun opbrengst kochten en soms, op magere dagen, van het afval dat hij op de markt vond. Konijnen lieten zich niet zo makkelijk verschalken, had hij gemerkt, maar honger leed hij toch niet. Zolang het zomer was, kon hij in de roestige Renault slapen. Als het begon te regenen, zou hij wel weer verder zien.

Maar op een dag, toen hij zijn zusje toevallig op de markt tegenkwam, vertelde ze hem iets verschrikkelijks.

'We hebben bezoek gehad. Van Bachir uit Douar, weet je nog? De vader van Tarcha.'

'O, die trut,' zei Karim. 'Wat moest die nou bij ons?'

'Wat denk je? Wat komt de vader van een huwbaar meisje doen bij de moeder van een huwbare jongen?'

Karim staarde haar aan. Ze moest een grapje maken.

'Dus,' zei Karima.

'Dat méén je niet!' Karim schreeuwde bijna.

'Helaas wel. Plannetje van baba en oom Khalid. Ja hoor eens, jíj bent degene die zo nodig schapen moest stelen!'

'Ik ga nog liever dood!' zei Karim. 'Trouwen! Met die dove! Ze kijkt altijd zo geniepig uit haar ooghoeken. En ze stinkt als een slachthuis voor het Offerfeest!'

'Dat komt doordat haar tandvlees altijd ontstoken is,' zei Karima. 'Maar dat is het ergste niet. Ze heeft het achter de ellebogen, dát is erg. In je gezicht poeslief en achter je rug maar roddelen.'

'Ik ga nog liever dood,' herhaalde Karim.

'Zeg dat maar tegen baba,' zei Karima. Opeens viel hem op dat zij er ook niet zo blij uitzag.

'Wat kan het jou schelen!' zei hij ruw. 'Jij hoeft niet met haar in één bed te slapen.' Hij kokhalsde bijna. Trouwen, het idee! Hij was nog niet eens oud genoeg. Rijk worden, dat wilde hij. Zo rijk, dat hij de vrouwen voor het uitkiezen had!

'Nee, maar wel met haar in één huis wonen,' zei Karima. 'Snap je dat niet? Als jij met haar trouwt, zitten wij ook met haar opgescheept, yema en ik. Maar zelfs yema heeft geen zin in een schoondochter als Tarcha. Ze loopt rond met een gezicht als een donderwolk.'

'Het... het spijt me,' zei Karim ongelukkig. Hoe had hij dat nou kunnen weten toen hij het lammetje – geen schááp! – wegnam? Hij schudde zijn hoofd. 'Maar maak je geen zorgen, zusje. Het gaat niet door. Het gaat gewoon niet door. Voordat het zover is ben ik al ver weg.'

'Ik hoop het,' zei Karima somber.

Hafid had werkelijk iets gevonden op hun geldgebrek. Op een middag, toen ze in de greppel bij de rivier hadden zitten roken, sprong hij opeens op en wenkte Karim. 'Kom mee.' Hij klom naar boven en liep weg in de richting van het dorp. Karims benen sliepen en hij was suf, zodat hij over een pol stekels struikelde. Hafid was al tussen de huizen verdwenen toen hij overeind gekrabbeld was. Op goed geluk liep Karim een straat in. Hafid was daar niet, maar Karim liep door; op de dwarsweg zou hij hem misschien weer in het oog krijgen.

'Psst! Kom dan!'

Karim keek opzij. Was dat Hafid? Maar waar was hij dan gebleven? Hij tuurde het donker in van de werkplaats van de fietsenmaker. Twee jongens stonden op hun beurt te wachten. Daarachter bewoog nog iets, en hij hoorde Hafids stem. Karim liep naar binnen.

'Wel waar!' zei Hafid tegen de fietsenmaker. 'Van mijn vader gekregen!'

'Kun je even wachten?' zei de man geërgerd. 'Dan help ik even deze twee heren.'

Karim spuugde op de grond. Die twee jongens waren net zo min heren als zij! Hij begreep weliswaar niet wat Hafid hier te zoeken had, maar het was toch geen stijl dat hij niet eerst geholpen werd.

De zogenaamde heren wilden een fiets huren voor een uur. Dat hadden Karim en Hafid vroeger ook wel gedaan. Ze hadden voor elkaar de fiets vastgehouden aan de bagagedrager terwijl de ander rechtop probeerde te blijven. Leren fietsen was een dure hobby geweest...

De fietsenmaker kende de jongens, hij schreef hun naam op, nam het kleingeld in ontvangst en liet zijn kassa openspringen. Eindelijk keerde hij zich om naar Hafid.

'Dus jij hebt een lekke band,' zei hij streng. Karim begreep er niets van.

'Ja.'

'Welke band? Voor of achter?'

'Achter.'

'Van je fiets?'

'Ja!'

'Die je van je vader gekregen hebt?'

'Ja.'

'Wanneer dan?'

'Bij zijn vorige verlof.'

'Zo. En waar had je vader die fiets gekocht dan?'

Hafid aarzelde, keek even naar Karim. Toen zei hij: 'Niet hier. Hij heeft hem meegenomen uit Kashla.' Dat was de garnizoensplaats waar zijn vader gelegerd was.

'Zo...' zei de fietsenmaker. Toen haalde hij zijn schouders op, greep een doos van de plank en haalde er een roodwitte tube uit. Hij noemde de prijs en Hafid betaalde.

'Heb je geen plakkers nodig?' vroeg de man. 'Bandenlichters?'

'Heb ik nog,' zei Hafid. Hij rende de werkplaats uit, Karim meetrekkend. Ze gingen helemaal terug naar de Renault en nog altijd begreep Karim niet wat de bedoeling was. Hafid ging achter het verweerde stuur zitten en sloeg het portier overdreven hard dicht. Het sprong meteen weer open en bleef scheef in de stekelplanten hangen. Karim vroeg: 'Wat betekent dat allemaal? Wat heb je gekocht? Waar hebben we dat voor nodig? Je hebt toch helemaal geen fiets?'

'De volgende keer nemen we het uit Souk Sabt mee. Dat gezeur. In Souk Sabt kennen ze ons tenminste niet.' Hij draaide het dopje van de tube.

'Maar waar is het dan voor?'

Hafid hield de tube onder Karims neus.

'Ruik dan.'

Het rook lekker, een beetje zoals in de werkplaats van de fietsenmaker, maar minder olie-achtig. Een scherpe, lichte geur.

'Ja, en?'

'Snuif nog eens.'

Karim snoof.

'Nog een keer.'

En opeens voelde Karim wat Hafid bedoelde. Hij werd licht in zijn hoofd en ergens in zijn borst borrelde een lach op. Het leek wel alsof zijn borstkas uitzette en zijn hoofd ook. Opeens zag de hele wereld er anders uit. De kleuren waren scheller, de geluiden feller, maar tegelijk scheen hij zijn blik niet goed te kunnen instellen en de geluiden warrelden allemaal door elkaar. Dat gaf niet; hij voelde zich geweldig. Kwam dat door dat spul? Karim had er niet veel voor betaald!

'Wat is het?' Hij rukte de tube uit Hafids handen. Solutie, heette het.

'Bandenplaklijm,' zei Hafid tevreden. 'Minder chic dan hasj, maar minstens zo lekker, of niet?' Hij barstte los in een onzinnig liedje, dat bestond uit door elkaar gehaspelde Koran-teksten. Er is maar één god, en dat is solutie, verstond Karim.

'Hou je mond, gek!' zei hij, maar hij lachte. Hij nam nog een snuifje. En dat dit zomaar te koop was, voor bijna geen geld!

Hun geldprobleem was opgelost. Vanaf nu zou Karim sparen. Want hij moest uit Souk el Khamiss ontsnappen voordat zijn ouders de bruiloft hadden kunnen regelen.

In het verre land dat Hollanda heette, waren de schoolvakanties begonnen. Vakantiegangers begonnen Souk el Khamiss te overstromen. Sommigen met dure auto's, vooral Mercedessen. Anderen met gouden kettingen om hun nek en gouden sieraden in hun koffers voor hun vrouwen en dochters. De ouderen brachten grote witte apparaten mee en de jongeren hadden flesjes parfum en nagellak bij zich. Iedereen had wel een zak chocola waaruit hij de kinderen uit zijn buurt trakteerde. Er werd druk geredderd voor de bruiloften die zouden worden gevierd. Ook twee meisjes die Karima kende zouden trouwen en vertrekken. Ze waren niet opgewonden en blij, zoals Karima had verwacht, maar zenuwachtig en angstig. Zonder hun familie naar een vreemd land, waar de mensen hun taal niet spraken en waar alles anders was – om te beginnen het weer! Het ene meisje trouwde met een bruidegom die familie was, maar die ze nog nooit gezien had, het andere met een jongen die ze nauwelijks kende. Omdat Maryam nog een jaar moest wachten, had ze alleen maar minachting voor die bange types. Maar Karima kon het wel begrijpen. Trouwen – met een man samen leven, in één bed slapen zelfs – was zó al eng genoeg, ook als je daarvoor niet hoefde te verhuizen naar een vreemd, ver land! Ze was blij dat haar vader hen nooit naar het noorden had gehaald, zoals sommige anderen deden. Hier was alles tenminste vertrouwd.

Hadou, zo bleek, zou deze zomer zijn gezin niet komen opzoeken. Een van de vakantiegangers had een brief bij zich waarin stond dat hij liever in Hollanda bleef om te sparen voor de bruiloft van Karim. In de zomer lag de bouw stil, maar hij maakte kantoren schoon en hij zou ook nog een baantje nemen als bewaker in een parkeergarage. Karima had geen idee wat dat was. Toen ze het aan haar moeder vroeg, zei die: 'Gewoon, een garage waar een auto gestald wordt, of twee.'

Maar waren de mensen in Hollanda dan zo rijk dat ze niet alleen een auto en een garage, maar ook nog eens een aparte bewaker konden betalen?

Twee of drie keer ving Karima een glimp van haar broer op terwijl hij de 'Hollanders' gadesloeg. Zijn mond hing open en hij keek op een onnatuurlijke manier blij, wazig blij. Een buurvrouw had Karima uitgelegd hoe dat kwam. 'Hij is aan de hasj,' had ze gezegd. 'Verslaafd dus.' Karima had het niet willen geloven. Karim kon gewoon soms een slome duikelaar zijn. Maar die vreemde glimlach op haar broers gezicht bracht haar aan het twijfelen.

Tijdens het huishoudelijk werk hield ze de open poort in de gaten, om te zien of hij voorbijkwam, en ook als ze boodschappen deed, keek ze naar hem uit. Ze wilde hem van alles vragen. Soms was hij dagenlang weg. Hoe kwam hij aan geld? En was het waar, van dat hasjroken?

En toen stond hij opeens op een dag voor haar neus, zomaar, op hun eigen binnenplaats. Ze liet de klopper waarmee ze het waspoeder oploste vallen en staarde hem aan. Om eerlijk te zijn, zag hij eruit als een landloper. Zijn ogen waren rooddoorlopen. Zijn nagels zwart. Zijn lippen korstig.

'Ik moet weten wanneer baba komt,' zei hij zonder haar te begroeten.

'Hij komt niet...' stamelde ze. 'Hij werkt de hele zomer door. Hij spaart voor je bruiloft.'

Haar broer staarde haar vol haat aan, maar dat kon haar niet schelen. Het vooruitzicht was voor haar net zo goed een nachtmerrie als voor hem.

Karim schudde zijn hoofd. Opeens kon Karima hem wel slaan. Wist Karim niet hoe graag zij van dat spaargeld naar school zou zijn gegaan? Het lezen was ze alweer zo'n beetje verleerd. Maar als ze had gekund... als ze had kunnen leren... een baan in de stad had kunnen krijgen, zoals haar televisieheldinnen... Karim had alle kansen, mocht alles. En kijk nou wat hij koos! Een leven als bedelaar!

Karima kwam in beweging.

'Ga je eerst maar eens wassen.' Ze deed de deur van het was-hok open en keek of ze de emmers met water had gevuld. 'Ik breng je zo een handdoek en schone kleren. Je bent wel erg gegroeid, maar ik geef je wel een broek van baba.' Ze duwde hem naar binnen. 'Je stinkt broer, ulgh, wat stink je!'

Karim stapte weer naar buiten.

'Ik wil niet dat yema me ziet.'

'Ze is naar de markt. Ga nou maar.'

Haar broer zuchtte en even leek zijn gezicht op dat van de oude Karim.

'Zeiden zíj dat maar! Ga maar... Ik doe het ook, weet je. Ik ga naar Hollanda. Heb je gezien hoe die Hollanders erbij lopen, met al dat goud en die dure kleren? Waarom zouden wij als bedelaars moeten leven? Ik ga ook naar Hollanda!' Hij keek haar uitdagend aan.

'Doe niet zo dom. Je mag daar nog niet werken, dat heb je toch gehoord.'

'Ik ga zonder papieren. Ik zie er ouder uit dan ik ben.'

Dat klopte. Karim leek wel twee jaar ouder geworden de laatste maanden. Maar gezond zag hij er niet uit. Die enge rode ogen alleen al! En die zwarte vegen daaronder – alsof hij nachtenlang niet geslapen had!

'Kletskoek,' zei Karima. 'Dat durf je helemaal niet en trouwens, baba zou je weten te vinden! Hij weet daar beter de weg dan jij! Ga je nou maar wassen, je stinkt een uur in de wind.'

Toen hij eindelijk de deur van het washok achter zich dicht deed, haalde Karima de zakken van haar broers oude broek leeg. Die broek kon bij de poetslappen. Ze knipperde met haar ogen toen ze het zweterige rolletje bankbiljetten tevoorschijn trok, maar nog meer toen daaronder nóg meer geld bleek te zitten: krakend gladde bankbiljetten, zó van de bank leek het wel, in grote coupures. En zoveel! Karima had nog nooit zoveel geld bij elkaar gezien. Hoe kwam Karim daaraan?!

Ze legde het stapeltje op het houten bankje dat voor het washok stond, legde een andere broek en een nette bloes klaar en ging verder met haar werk. Toen ze het vuile sop weg liet lopen onder de poort door, kwam Karim voorbij op weg naar zijn oude slaapkamer (waar Karima nu alleen sliep). Hij griste het geld en de kleren mee zonder commentaar; ze zou hem later moeten vragen hoe hij eraan kwam. Karima ging even naar binnen om de ketel te halen waarin ze het spoelwater had opgewarmd. Toen ze de kleren had uitgespoeld, bracht ze ze naar het dak om op te hangen. Maar ze bedacht zich: wat voerde Karim daar zo stilletjes uit op haar kamer? Ze ging weer naar beneden en tikte op de deur.

'Karim?'

Geen antwoord.

'Ik kom binnen, hoor!'

Geen antwoord. Karima duwde de deur open, die de laatste tijd scheef in zijn scharnieren hing – dat kwam ervan als er geen man in huis was om hem te repareren.

De kamer was leeg. Karima doorzocht het hele huis, maar van haar broer was geen spoor meer te vinden.

Ze kon zijn bezoek maar beter verzwijgen. Wat haar moeder niet wist, kon haar ook niet aan het huilen maken.

Eigenlijk was ze blij dat ze niet wist hoe Karim aan al die bankbiljetten gekomen was. En dat hij er niets van had achtergelaten. Want dan had ze moeten beslissen of ze het zou gebruiken. Leven van gestolen geld, dat zou ze niet kunnen.

Niets meer te willen

Karim rende een hoek om, maar moest plotseling vaart minderen voor een volgepakte ezel. De twee tassen aan weerszijden puilden uit van de zakken en blikken, en helemaal bovenop was een nog levende geit gebonden die luid mekkerde.

Achter de ezel liep Khalid Sharif.

Karim had hem niet meer gezien sinds hij uit Douar was vertrokken; op donderdag zorgde hij wel dat hij uit de buurt van de markt bleef.

Oom Kahlid bleef breeduit naast de ezel in het steegje staan, zodat Karim wel moest blijven staan. Hij wees op de ezel.

'Olie, meel, suiker, olijven en de geit. Allemaal gekocht met het geld dat je vader heeft gestuurd.'

'O, eh...' Karim staarde hem niet-begrijpend aan.

'Je weet waarschijnlijk dat Bachir geen geld voor zijn dochter wil hebben,' ging Khalid verder.

Daar wist Karim niets van. Er werd toch altijd voor een bruid betaald? Met het geld werd goud gekocht dat het meisje kon bewaren voor moeilijke tijden. Hoe hoger een vader zijn dochter aansloeg, hoe meer hij vroeg. En Bachir wilde helemaal níéts voor zijn dochter hebben? Lekkere bruid, als zelfs haar vader vond dat ze geen waarde had!

'Maar we kunnen natuurlijk niet met lege handen bij haar ouders aankomen,' zei Khalid onverstoorbaar. 'Daarom breng ik dit naar boven.'

'Ik...' Karim keek achterom. Achter hem was een plein. Hij zou weg kunnen rennen. Maar misschien moest hij van de gelegenheid gebruikmaken. 'Ik wil helemaal niet trouwen. Ik ben pas vijftien!'

'Jij hebt niet veel meer te willen,' zei Khalid. 'Je hebt kansen gehad. Dit is de wens van je vader en daar moet je je aan houden.'

Karim greep naar het eerste het beste argument dat hem te binnen schoot.

'Maar yema wil het ook niet!'

'Je moeder heeft hulp nodig. Karima zal wel gauw trouwen en dan zou Khadizja alleen achterblijven. Nee, een flinke, sterke schoondochter is wat zij nodig heeft.'

'Tarcha flink?!' riep Karim uit.

'Naima is een gezond meisje, en netjes. Dat ze slecht hoort, heeft God zo gewild, daar is niets aan te doen.'

'Ik... ik trouw nog liever met Fatima!' riep Karim in zijn wanhoop uit.

'Fatima? Fatima van Ali?' Daar moest Khalid hartelijk om lachen. Hij nam er de tijd voor. Hij legde zijn hoofd in zijn nek en liet zijn buik schudden. Karim haatte hem erger dan ooit.

'Alsof Ali zijn dochter aan zo'n schooier zou geven! Nee knul, jij mag blij wezen dat Bachir daar in Douar niet heeft gehoord van jouw wandaden. Anders had hij zijn dochter niet aan je uitgehuwelijkt. Zelfs niet als jij hém een fortuin zou betalen!'

Karim draaide zich om. Dit pikte hij niet.

'En je moeder draait wel bij,' zei Khalid. 'Die vindt het prachtig als er straks kinderen komen.'

Kinderen! Karims maag protesteerde. Hij moest kokhalzen bij het idee dat hij met die stink-Tarcha... dat hij...

'En als jij maar eenmaal getrouwd bent, draai je zelf ook wel bij.' Khalid liep nog steeds vlak achter hem, ook al waren ze nu op het plein. 'Dan leer je die streken wel af. Als je eenmaal vrouw en kinderen hebt...' De rest hoorde Karim niet meer, want hij had het op een lopen gezet.

Hafid stootte Karim aan: 'Kijk die vent!'

Voor hen uit, in een achterafstraatje in Souk el Khamiss, liep een van de vakantiegangers. Hij leek jong en overmoedig. Hij droeg een spijkerbroek en een duur shirt, om zijn pols schitterde een horloge.

'Ik wil dat horloge!' zei Hafid.

'Doe niet zo achterlijk!' zei Karim. 'We zouden toch niet hier in het dorp werken? Iedereen kent ons hier...'

'Kan me niet schelen. En kijk, hij heeft een portemonnee in zijn achterzak. Denkt zeker dat niemand hem wat kan maken. Meneer de Europeaan! Pfah!' Hafid had Karims arm gegrepen en kneep steeds harder.

'Ik wil dat horloge en dat geld. Voor die lui betekent het toch niks. Zij verdienen het in één week weer terug!' Hij ging sneller lopen. Toen hield hij weer in. Hij keek om zich heen. 'Oké, dit is het plan. Jij gaat hier rechtsaf en rent een blokje om. Als je snel bent, kom je hem tegemoet vóór de volgende zijstraat. Doe je epileptische aanval. Dat is het enige waarvoor zo'n zak blijft staan. Hij weet niet wat hij moet doen en hij roept hulp. Ik zorg voor de rest.'

Hafid gaf hem een duw en Karim zette het op een rennen. Vooruit dan maar, voor deze éne keer. Sommigen van die gasten vróégen er gewoon om. Het werd tijd dat die opscheppers eens een lesje leerden.

Hij sloeg twee hoeken om en vlak voor de derde begon hij langzamer te lopen. Hij hijgde en zweette, maar de mensen zouden denken dat het bij de aanval hoorde. Het was wel een voordeel dat de mensen hier het wisten, van zijn moeder. Ze zouden het niet gek vinden dat hij de ziekte geërfd had.

Op het kruispunt was het drukker. Karim sloeg linksaf en zag dat de timing perfect was. De vent die ze te grazen wilden nemen kwam op hem af, was nog een pas of tien van hem vandaan. Karim begon met zijn ogen te draaien en met zijn lichaam te schokken. Hij liet zich op de grond vallen en bleef wild schokken. Omdat hij zijn ogen had weggedraaid, kon hij niet goed zien wat er gebeurde, maar hij voelde wel dat er iemand bij hem knielde en hij hoorde dat er mensen bleven staan.

'Steek een stuk hout tussen zijn tanden.'

'Heb ik niet.'

'Het is die jongen van Hadou. Khadizja heeft hetzelfde...'

'Neem dan je riem. Een stuk leer tussen zijn tanden, anders bijt hij zijn tong af.'

'Een dokter?'

'Hu, hij wordt helemaal stijf!'

'Ga naar huis, Abdel. En haal Karima, zijn zus.'

'Kijk zijn ogen!'

'Moeten we hem niet ergens anders...'

'Het is zo voorbij...'

'Mijn geld! Shit, en mijn horloge!'

'Waar is die jongen die hier net stond?'

'Hafid?'

'Pak hem!'

Rennende voetstappen. Karim had intussen zijn ogen dichtgedaan en hield zich zo stijf als een plank. Hij had de aanvallen van zijn moeder vaak genoeg gezien om te weten dat hij zo meteen moest doen alsof hij in een diepe slaap viel. Hij verslapte.

'Aan de kant! Maak plaats!'

'Wat is hier aan de hand?'

'Een toeval... Het is de jongen van Khadizja.'

Opeens werd zijn pols vastgegrepen. Zijn ooglid werd opgetild. Een lichtje scheen recht in zijn pupil. Hij draaide zijn oog gauw naar boven en hield het andere dicht.

'Zó! Karim van Khadizja. Hm. Zou hij denken dat haar ziekte erfelijk is?'

Met schrik herkende Karim de stem: het was de dokter die zijn moeder behandelde. Hij knipperde even van schrik.

'Genoeg, knul, hou maar op met dat theater. Sta op.'

Mooi niet! Karim bleef liggen, zijn ogen dicht. Hij ademde regelmatig, alsof hij in slaap gevallen was. Intussen kwamen er vreemde geluiden dichterbij. Onregelmatige voetstappen, afgebroken kreten, en verbeten gekreun, alsof iemand zich probeerde los te worstelen.

'Hier is die andere. Hij had mijn portemonnee, en mijn horloge.'

'Schoft! Heb je alles terug, Mustafa?'

'Ken je hem? Hafid, hij hangt altijd met Karim rond. En je kent Karim toch wel, hij woont bij je oom in de straat.'

'Niet op gelet... Dus het is doorgestoken kaart? Dokter?'

'Deze grappenmaker mankeert niets.'

Karim kreeg een trap in zijn zij.

'Opstaan.'

Er zat niets anders op. Hij stond langzaam op en knipperde tegen het licht. Een kring van vijandige gezichten staarde hem aan, waaronder dat van het slachtoffer, een knappe man van nog geen twintig. Karim herkende hem net zo min als de ander hem. Hafid, stevig vastgehouden door twee mannen, spartelde niet meer tegen. Hij haalde even zijn schouders op. Als hij niet óók werd vastgehouden, zou Karim hem wel aan willen vliegen! De schande! En dat in hun eigen dorp!

Een jeep stopte in een wolk van stof. Twee agenten stapten uit en wilden weten wat er aan de hand was. Helaas waren er genoeg getuigen die dat maar al te graag tot in de details vertelden. Karim staarde naar de grond, tranen in zijn ogen. Iedereen kon het horen! Iedereen zou weten hoe Karim de ziekte van zijn moeder had gebruikt om te stelen... Een stel stommelingen waren ze! Nee, hij niet, Hafid. Het was Hafids schuld. Karim had hem nog zo gewaarschuwd.

De jongens werden meegenomen naar het bureau, en het enige leuke daaraan was het ritje in de jeep. Maar natuurlijk konden ze er niet echt van genieten – alle mensen die ze tegenkwamen, draaiden zich nieuwsgierig naar hen om. Karim hield zijn hoofd zoveel mogelijk gebogen, maar hij kon niet verhinderen dat hij herkend werd. Er ging een schok door hem heen toen hij in het voorbijgaan iemand hoorde zeggen: 'Karim Ramdani! Van kwaad tot...' Het was de stem van de schoolmeester. Karim wilde wel op de vuile vloer van de jeep gaan liggen.

Binnen werden ze op een bank gepoot en moesten ze wachten.

Eindeloos wachten. Hafid probeerde een paar keer fluisterend een gesprek te beginnen, maar Karim negeerde hem. Stomkop! Wie jatte er nou van iemand die maar een paar jaar ouder was, die harder kon lopen dan jijzelf!

Hij begon al aan ontsnappen te denken – de diender bij de uitgang afleiden, snel een steegje inschieten – toen ze moesten opstaan en meekomen. Eerst moesten ze hun zakken leeghalen. Er werden foto's van hen gemaakt en ze moesten hun vingers zwart maken op een inktkussen en ze op een formulier drukken, en daarna nog eens eroverheen rollen. Daarna werden ze opgesloten.

Heel hoog in hun cel was één steen uitgespaard, daar zat een stuk ondoorzichtig glas waardoor een beetje licht binnenviel. Bij het binnenkomen had Karim even een gat in de vloer kunnen zien, waar een verschrikkelijke stank afsloeg, en een emmer water waarin een beker dreef. Toen viel de deur dicht en zagen ze even helemaal niets meer. Even later hoorde hij Hafid voorbij schuifelen. Toen zijn ogen aan het donker gewend waren, zag hij hem in de hoek boven het gat hurken. De stank werd erger.

'Gatverdamme, kun je dat niet ophouden!' Karim was eigenlijk van plan geweest te blijven zwijgen, maar hij kon zich niet inhouden.

'Ik moet al de hele tijd zo nodig!' piepte Hafid.

'Omdat je een bange schijterd bent!' Maar zelf voelde hij ook een plotselinge aandrang. Het was hier afschuwelijk! En wat zou er met hen gebeuren?

Er gebeurde helemaal niets voorlopig, en dat was nog erger. Ze dronken water uit de emmer, dat niet bepaald fris smaakte. Ze zaten tegen de muur en veranderden van houding als ze stijf werden of een houten kont kregen. Ze volgden de beweging van de lichtvlek over de muur. Af en toe mompelde een van de twee iets, waarop de ander dan geen antwoord gaf. Ze zagen het licht langzaam zwakker worden en uitdoven. Toen het helemaal donker was, ging de deur even open. Maar voordat ze overeind hadden kunnen springen, was hij alweer dicht. Er was iets naar binnen geschoven: twee paardendekens, en een paar stukken keihard brood met een blikje sardientjes. Ze aten als wolven, ruziënd om de laatste stukjes vis.

'Mijn tante Hakima brengt straks wel wat te eten,' zei Hafid.

'Of anders jouw zusje. Karima.'

'Houd je mond over haar!' zei Karim boos. Het was de honger die hem zo kortaf maakte. En de angst omdat hij niet wist wat er met hen zou gebeuren. Ze hadden niets om die angst te verdoven. Geen hasj, zelfs geen druppeltje solutie. Boos en geïrriteerd zaten ze ieder in een hoek.

Ze wachtten tot het helemaal stil werd in het politiebureau, maar Hafids tante kwam niet opdagen. En Karim dacht niet dat Karima zou komen. Hun slachtoffer heette Mustafa en Mustafa's oom woonde bij hen in de straat... Dat moest Ali zijn, Fatima's vader, dus als hij het goed had, was Mustafa een neef van Fatima. En Fatima was dikke vriendinnen met zijn zusje. Nee, Karima zou razend zijn! Al was het alleen maar vanwege de schande.

De woorden van Khalid schoten hem weer te binnen: *Jij hebt niet veel meer te willen.* Hier, in dit stinkhol, had hij helemáál niets meer te willen! Willen was trouwens stom. Een gouden horloge had hij gewild, een dikke portemonnee... Willen maakte je blind.

Karim rolde zich in zijn deken en legde zijn hoofd op zijn elleboog. Hafid volgde zijn voorbeeld. Welterusten zeiden ze niet.

'Zal ik meegaan?' vroeg Fatima. Ze was op een holletje achter Karima aangekomen. Het was nog heel vroeg, want Karima schaamde zich te veel om overdag te gaan.

'Je bent niet goed wijs!' zei Karima verbaasd. 'Waarom zou jij mee willen naar de gevangenis?'

'Het is geen gevangenis!' zei Fatima. 'Gewoon het politiebureau.'

'Erg genoeg,' zei Karima. 'En ze houden ze nu al zo lang vast, dat het net zo goed een gevangenis zou kunnen zijn.'

'Heb je hem gesproken?' vroeg Fatima, die de schaamte van Karima niet scheen te delen.

'Nee. Mag niet.'

'O.' Klonk dat nou teleurgesteld? Fatima zou toch niet nog steeds verliefd zijn op Karim? Nu hij al meer dan een week vastzat op verdenking van diefstal? En het slachtoffer van de roof haar eigen neef Mustafa was?

Karima had zich geen raad geweten van schaamte toen ze het hoorde. Eerst was er iemand aan komen rennen omdat haar tweelingbroer een toeval zou hebben gehad op straat. Terwijl ze dat tot zich door probeerde te laten dringen, haastig onderweg naar de plek waar het gebeurd was, was er een andere man gekomen. 'Laat maar!' had hij geroepen, 'de dokter is er al bij en het was allemaal nep!'

Dat was al erg genoeg geweest! Maar toen ze van omstanders begreep wat Karim en zijn vriend geflikt hadden, was ze dieprood geworden van schaamte. Ze was zo gauw als ze kon terug naar huis gegaan. Ze had het voorval proberen te verzwijgen voor haar moeder, maar dat was natuurlijk niet gelukt. Het was het gesprek van de dag, overal en bij iedereen: de laaghartige manier waarop Karim Mustafa's aandacht had afgeleid, de diefstal, en de heldhaftige manier waarop Mustafa zelf zijn berover te pakken had gekregen. Dat laatste werd natuurlijk vooral breed uitgemeten door zijn trotse verloofde. Karima ging Maryam zoveel mogelijk uit de weg.

Ze had haar moeders gezicht zien trekken toen ze hoorde dat Karim een toeval had gesimuleerd. Dát had Khadizja nog het meeste pijn gedaan; want net als Karima had ze al haar vermoedens gehad over de handel en wandel van Karim. Sinds die rampzalige dag was ze zwijgzaam en liepen er voortdurend tranen over haar wangen. Toch kookte ze elke dag de lekkerste dingen voor hem, die Karima dan in alle vroegte naar het politiebureau ging brengen. Haar moeder wilde eigenlijk dat ze rond etenstijd ging, als het eten nog dampend warm was, maar dat weigerde Karima. Dus had Khadizja de gewoonte aangenomen voor dag en dauw op te staan om eten klaar te maken, zodat Karim zijn maaltijd toch vers uit de pan kreeg.

'Waarom breng je zijn eten niet gewoon 's middags? Dat is toch belachelijk, zo'n zwaar ontbijt.'

'Domme vraag, Fatima. Ik snap trouwens niet dat jij je nog steeds voor hem interesseert.'

'Waarom niet?' vroeg Fatima. 'Alle jongens halen kattenkwaad uit! Hij zal zijn lesje nu heus wel geleerd hebben. Weet je eigenlijk...' Ze maakte haar zin niet af.

'Weet ik wat?'

Fatima keek haar vriendin even aarzelend aan, alsof ze zich afvroeg of ze het haar zou toevertrouwen. Toen zei ze fluisterend: 'Nou, dat hij naar Hollanda gaat.'

Karima haalde haar schouders op. 'Dat zegt die idioot al jaren. Het mag helemaal niet van mijn vader.'

'Maar hij gaat tóch.'

'Hij gaat trouwen, dát gaat hij,' zei Karima boos. 'Met Tarcha, een stomme trut uit de bergen. Hij krijgt haar helemaal voor niks, zo'n trut is ze.'

'Dat geloof ik niet!' zei Fatima met grote ogen.

'Hij wil ook niet,' gaf Karima toe. 'Hij wil eerst rijk worden. En dan met jou trouwen, geloof ik.'

'Zie je wel!' zei Fatima. Haar ogen glommen blij. 'Hij gaat eerst naar Hollanda. Stiekem, als het moet.'

'Ik haat Hollanda! Ik wou dat het niet bestond! Als mijn vader niet dáár was...' Het was Karima opgevallen dat alleen de jongens van wie de vader niet thuis woonde, rottigheid uithaalden. De rest kreeg de kans niet. Ze wist best dat hun huis en de medicijnen voor haar moeder werden betaald met geld dat in Hollanda was verdiend. En toch meende ze wat ze zei. Liever arm dan een broer in de gevangenis. Liever een vader dan een vreemde. En kijk hoe die vakantiegangers hun dorp verpesttten! Zodra zij arriveerden, vlogen de prijzen omhoog. In de vakantiemaanden kon Karima nauwelijks rondkomen. Als die Fransen en Hollanders niet met dure auto's aan kwamen zetten en met hun gouden horloges liepen te paraderen... Dan was Karim ook nooit in de verleiding gekomen te gaan stelen.

'Karim gaat nooit van zijn leven naar Hollanda!' Omdat Karima dat niet wilde – ach, ze droomde weer.

'Wel! En dan komt hij mij halen.'

'Dromen,' snauwde Karima. 'Heeft hij dat tegen je gezegd soms?' Dat zou een nieuwtje zijn.

'Ik weet het gewoon,' zie Fatima. 'Door... door de manier waarop hij naar me kijkt.' Ze glimlachte vaag. Toen schudde ze haar hoofd. 'Maar eerst moet hij natuurlijk rijk worden.'

'Jij bent écht niet goed wijs! Eerst moet hij uit de gevangenis, zul je bedoelen! Morgen komt zijn zaak voor de rechter. Je denkt toch niet dat ze hem zomaar laten lopen?!'

'Vast wel,' zei Fatima, nog steeds met dat irritante glimlachje op haar gezicht. 'Je hoeft toch maar naar Karim te kijken om te weten dat hij een goed hart heeft!'

'Nou, dan zie je meer dan ik,' mompelde Karima. Dat meende ze eigenlijk niet. Maar ze zweeg verder, want ze waren bij het politiebureau. Karima liet Fatima achter, liep naar binnen, groette de slaperige agent die achter de tafel in de hal zat te dommelen, en leverde haar pakketjes af.

'Voor Karim Ramdani,' zei ze zoals altijd.

'Van zijn trouwe zus.' De politieman glimlachte en keek haar veelbetekenend aan, op de manier waarop mannen de laatste tijd wel meer naar haar keken. 'Jij bent een goed meisje, Karima.'

Ze maakte dat ze wegkwam.

'Heb je hem nog gezien?' vroeg Fatima.

'Ja, hij zat aan de thee in de hal,' snauwde Karima. 'Ze laten de misdadigers hier vrij rondlopen namelijk. Ik moest je de groeten doen.'

'Karim is geen misdadiger!' zei Fatima vol vuur.

'Wat ben jij stom, zeg!'

Maar in haar hart was Karima blij dat Fatima haar broer verdedigde. En dat wist Fatima ook wel. Die boosheid, dat was Karima's manier om de schaamte niet te voelen.

De blauwe ogen van de rechter

Ze hadden een rechtszaal verwacht, en Karim hield zijn hoofd gebogen uit angst om mensen in het publiek te zien die hij kende. Maar ze werden binnengeleid in een kamer waarin alleen een paar mannen zaten, en zijn moeder. En Karima. Maar geen publiek.

De rechter wilde eerst 'de zaak Karim Ramdani' afhandelen en daarom moest Hafid weer weg. Hij wierp zijn vriend een angstige blik toe terwijl hij door een agent aan de arm werd meegenomen. Karim had zelf ook liever gehad dat zijn vriend erbij was.

De rechter had gewone kleren aan, dat wil zeggen een kostuum naar Europese snit. Geen toga. Zijn wenkbrauwen, grijswit en borstelig, hingen zwaar over opvallende, blauwe ogen. Hij sprak Arabisch, en er was iemand die het voor Khadizja vertaalde. Een man aan een ander bureau schreef alles op wat er gezegd werd, heel snel, want je hoefde er niet langzamer voor te praten.

'Je bent hier in een rechtbank,' legde de rechter onnodig uit, 'ook al ziet het er misschien anders uit dan je verwachtte. Dat is omdat je minderjarig bent. Een kind nog. Hoewel ik dat helaas op grond van je gedrag niet kan zeggen.' Hij keek in zijn papieren.

Voor de politie hadden ze eerder een verklaring af moeten leggen. Dat was de enige keer dat ze buiten hun stinkende hok waren geweest. Zo blij als je kon zijn met een beetje daglicht, en een glimp van de buitenwereld door echte ramen! Ook al was hij bang geweest, vanochtend had Karim wél genoten van de korte rit in de jeep naar het gerechtsgebouw bij de markt.

Zijn verklaring werd nu voorgelezen. Zijn eigen woorden herkende Karim er niet in, het was allemaal zo plechtig gesteld, maar het was wel zo ongeveer wat hij bedoeld had.

De rechter met de blauwe ogen vroeg hem of de verklaring klopte. Had hij echt gedaan alsof hij een epileptische aanval had?

Karim wierp een blik op zijn moeder. Er liepen tranen over haar wangen en haar gezicht zag rood en vlekkerig, alsof ze de afgelopen tien dagen niets anders had gedaan dan huilen. Maar haar mond vormde een strak streepje.

Hij knikte.

'Ja of nee, alsjeblieft.'

'Maar het was...' ... een idee van Hafid, wilde hij zeggen. Hij slikte het in.

'Ja of nee?'

'Ja.'

'Jullie hadden dus de opzet om te stelen?'

Diezelfde vraag had de politie gesteld. Hafid, in een andere verhoorkamer, had glashard ontkend. Maar toen Karim hetzelfde probeerde, was de agent er niet ingetrapt. Karim had het toegegeven en nu stond het in de papieren die de rechter voor zich had liggen.

'Geef antwoord! Jullie wilden het slachtoffer afleiden om hem te kunnen beroven?'

'Ja.'

'En dat doen jullie wel vaker?'

Dat was een valstrik! Die rechter hoopte dat Karim zou denken dat Hafid zijn mond voorbij had gepraat. Maar ze hadden afgesproken niets te zeggen over hun eerdere avonturen. Die hadden plaatsgevonden ver van Souk el Khamiss en er viel niets te bewijzen, want ze waren nooit betrapt.

'Nee! Het was de eerste keer.'

De blauwe ogen keken hem doordringend aan. Aansteller, dacht Karim opeens. Blauwe ogen, dat betekende bijna zeker dat de man een Berber was, net als zij. En toch moest hij zo nodig Arabisch praten. Kapsones!

Die gedachten hielpen hem zijn blik niet neer te slaan, en

het werkte, want de rechter keek weer op zijn papieren en vroeg: 'Het is je eerste vergrijp.'

Karim begreep dat woord niet, maar dat wilde hij niet laten merken.

'Je bent nog niet eerder ergens voor gepakt.'

'Nee!'

'In tegenstelling tot je vriend Hafid.'

Hij is mijn vriend niet, had Karim bijna gezegd. Maar dat was niet eerlijk – had Hafid hem niet die mooie dikke plak hasj bezorgd toen hij doodging van ellende in Douar? En er werd hem ook niets gevraagd, dus hij zweeg. Hij wist trouwens niet eens dat Hafid al eens eerder betrapt was.

'Mevrouw Ramdani,' zei de rechter opeens tegen Karims moeder. 'Weet uw man van het gedrag van uw zoon af?'

Het moest eerst vertaald worden. Stamelend maakte Khadizja duidelijk dat haar man in Hollanda woonde en hard aan het werk was om te zorgen dat Karim kon trouwen. Zijn vriend Khalid Sharif zocht intussen een passende baan voor hem.

'Dus binnenkort gaat hij aan het werk?'

'Ja!' zei Khadizja fier, de rechter aankijkend door haar tranen heen.

'Dat kunt u garanderen?' vroeg de rechter. Zijn wenkbrauwen waren beledigend hoog opgetrokken.

'Khalid heeft ons nog nooit in de steek gelaten...'

De rechter knikte, maakte een paar aantekeningen, overlegde zachtjes met een andere man, en knikte nog eens.

'En jij, jongen. Is het leven in de cel je bevallen?'

Heftig schudde Karim zijn hoofd. Hij hoefde toch niet terug?

'Dus je wilt er wel alles aan doen om niet weer te worden opgesloten?'

'Ja!' Karim kreeg het benauwd. Wat ging die rechter met hem doen?

'Dus, wat betekent dat?'

'Niet meer zakkenrollen,' zei Karim met gebogen hoofd.

Er viel een lange stilte, waarin alleen het ritselen van papier en het snikken van zijn moeder te horen was. Waarom verdedigde ze hem niet? Waarom vertelde ze hem niet over zijn baantje bij Hmidou? Hij keek even opzij. Karima zat naar hem te seinen. Ze knikte even van hun moeder naar de rechter. Hij begreep wat zijn zusje bedoelde: Khadizja durfde niets te zeggen, ze was te veel onder de indruk van de rechter.

Opeens klonk Karima's heldere stem door de kamer.

'Meneer de rechter... Mijn moeder is ziek, ze heeft epilepsie. Het is heel moeilijk voor ons zonder Karim. Misschien dat hij daarom...'

De witte wenkbrauwen schoten omhoog. Toen richtte de rechter zich weer tot Karim.

'Karim Ramdani. Je bent je ervan bewust dat je moeder ziek is?'

Karim keek naar de vloer en knikte.

'En dat je vader ver weg is en niet voor haar kan zorgen?'

Karim knikte.

'Denk je niet dat het aan jou is om de zorg voor het gezin van hem over te nemen?'

Weer kon Karim niets anders doen dan knikken.

'Zou het je moeder helpen als ik je op moet sluiten, denk je?'

Karim gaf daar geen antwoord op. Dat hoefde ook niet, want de rechter zei: 'Dat dacht ik ook niet. Kijk eens naar je moeder.'

Karim wierp een schichtige blik op haar. Dat hopeloze, hulpeloze huilen, daar kon hij echt niet tegen.

De rechter keek weer naar de papieren op zijn bureau, maar hij bladerde er niet meer doorheen, en hij las ook niet. Hij tikte zijn vingertoppen tegen elkaar, in een snel ritme, zonder ophouden. Het zweet brak Karim uit. Eindelijk keek de rechter op. Hij legde zijn handen op het dossier en zijn blauwe blik boorde zich in Karims ogen.

'Goed. Omdat het de eerste keer is, zal ik genade vóór recht laten gaan. Maar op voorwaarde dat jij voor het einde van de zomer aan het werk bent. En ik zal elke drie maanden rapport laten opmaken over je gedrag. Khadizja Ramdani, u bent verantwoordelijk voor hem. Zorg dat hij een vak leert.'

Khadizja knikte nog voordat de tolk klaar was. De rechter boog zich naar voren.

'Horloges stelen is kinderwerk, knul. Een mán weet hoe hij verantwoordelijkheid moet dragen.'

Karim slikte. Een mán.... Een man had hij willen zijn. En in plaats daarvan had hij zich met Hafid ingelaten. Kruimelwerk was het, die diefstalletjes van hen.

'Kijk me aan!'

Verschrikt hief Karim zijn hoofd.

'Ik lees hier dat jullie het de eerste dagen nogal moeilijk hebben gehad. Maar als jullie verslaafd waren aan het een of ander, zijn jullie daar nu wel van af, nietwaar?'

Van schrik knikte Karim opnieuw, waar hij meteen spijt van had.

'Het bezit van hasj is een misdrijf, Karim! En de volgende keer ben ik niet meer zo mild!'

Weer die doordringende blauwe blik. Karim keek beschaamd naar de grond.

Zo'n rechter had makkelijk praten. Die had alles wat hij maar wilde.

'Denk je,' zei de rechter gevaarlijk zachtjes, 'dat ik deze positie bereikt heb zonder er keihard voor te werken?' Hij was haast niet te verstaan door het gemompel van de tolk heen. Karims moeder wuifde ongeduldig met haar hand dat ze geen vertaling nodig had. Toen pas viel het Karim op dat de rechter nu hun eigen taal sprak: 'Ik ben ooit net zo begonnen als jij, Karim. Ik kwam ook uit de bergen, ik moest ook twee uur lopen naar school. Maar ik heb hard geleerd, ik heb ervoor gezorgd dat ik de beste werd van mijn klas, zodat ik een beurs kreeg om verder te studeren. Snap je? Ik zie aan je dat je een slimme knaap bent. Gooi dat niet weg. Het ligt in je eigen hand.'

'Nee, meneer de rechter,' zei Karim. Hij was schor. Hij had bijna niets gezegd de afgelopen dagen.

De rechter glimlachte.

'En verkijk je niet op die gouden horloges, jongen. Er zijn dingen die belangrijker zijn in het leven.'

'Ja, edelachtbare.' Het juiste woord was hem te binnen geschoten.

De rechter keek op zijn horloge. Een góúden horloge. Het was makkelijk praten als je alles had.

'Goed. En nu wegwezen.' En toen hij Karims verbaasde blik zag: 'Je kunt gaan.'

'Naar... naar huis?' vroeg Karim verdwaasd.

'Als je verstandig bent, wel. O ja: we hebben die oude auto weg laten halen, voor het geval je op verkeerde gedachten mocht komen. En je blijft uit de buurt van Hafid, hoor je? Nou, hup, naar huis, maak je moeder blij.'

En zijn moeder wás blij. De tranen die nu stroomden, waren tranen van blijdschap. Karim werd er verlegen van. Hij nam haar arm en drukte die stijf tegen zich aan. Zo liepen ze naar buiten, het felle zonlicht in. Naar huis, vanzelfsprekend. Alsof hij nooit was weggeweest. Alsof hij nooit het leven van een straatschooier had geleid.

Pas uren later, toen hij zich te goed had gedaan aan een extra feestelijk maal en languit in de kussens lag, dacht hij weer aan zijn kameraad. Hij sprong op.

'Even naar Hafid,' zei hij, 'ik moet hem ook feliciteren.'

'Maar de rechter...' begon zijn moeder zwakjes. Karim negeerde dat. Hij moest zijn vriend toch feliciteren?

Karima stond vierkant in de deuropening. Hij was nu langer dan zij, maar ze stond er zo onverzettelijk dat het leek alsof ze hem daadwerkelijk zou kunnen tegenhouden.

'Niet dus,' zei ze. Ze keek hem net zo strak aan als die rechter had gedaan. En ze zei niets meer. Als ze dat wel had gedaan, als ze met argumenten was gekomen... Maar die blik alleen, daar kon hij niet tegenop.

'Nou ja,' zei hij, 'ik ben toch te lui, ik heb te veel gegeten.'
'Dat dacht ik ook,' zei Karima.

Hafid was niet vrijgekomen. De volgende ochtend hoorde Karima bij de kruidenier dat hij in alle vroegte was weggebracht naar de stad, waar een tuchtschool was. *Veroordeeld tot een jaar opsluiting!* vertelden de buren elkaar ontzet, maar toch ook alsof ze ervan genoten. Karima haalde diep adem en had moeite een brede glimlach van haar gezicht te houden. Ze had die Hafid altijd aangezien voor degene die haar broer op het slechte pad bracht. Zonder hem zou Karim wel de Karim gebleven zijn die zij kende... Ze liep haastig naar huis en vóór ze haar boodschappen opruimde, ging ze naar Karims kamer om hem het nieuws te vertellen.

'Je liegt het!' zei Karim onthutst, maar aan zijn gezicht kon ze zien dat hij haar geloofde. 'Een jáár!'

'Het is gewoon een school, hoor,' zei Karima. 'Een strenge school, dat wel.'

'Een gevangenis zul je bedoelen! Jij weet niet waarover je praat! Hafid vertelde... Een vriend van hem...'

Karima ging met één bil op het tafeltje zitten waaraan Karim vroeger zijn huiswerk maakte.

'Ja, dat heb ik ook gehoord. Die vriend van hem. Die zit daar ook. Heb jij je nooit afgevraagd waarom Hafid zo nodig vrienden met jou wilde worden?'

'Nee,' zei Karim onwillig.

'Omdat die Rachid was afgevoerd. Opgesloten. Wil je niet weten wat hij gedaan had?'

'Nee.'

'Hij had een fietsenmaker in elkaar geslagen. Om een beetje lijm en de inhoud van de kassa.'

'Kletspraatjes van roddeltantes,' zei Karim, maar weer kon ze zien dat hij haar woord voor woord geloofde.

'Wees maar blij dat hij weg is,' zei Karima.

'Hij was mijn beste vriend. En jij bent een harteloos kreng.'

Karima lachte. 'Dat zegt Fatima ook altijd,' zei ze. Gelukkig hapte Karim.

'Fatima?'

'Ja, bijvoorbeeld toen ik zei dat jij een misdadiger was. Toen nam ze het voor je op. En hoe!' Ze wreef over haar arm. 'Ik heb er nóg blauwe plekken van!' En beetje overdrijving kon geen kwaad. 'Volgens Fatima heb je een hart van goud.'

Karim draaide haar zijn rug toe. 'Schiet toch op met je klets-praat.'

'Ik ga al!' riep Karima vrolijk. Ze had precies bereikt wat ze wilde. Karim had aan Fatima gedacht, én hij was er verlegen van geworden. Mooi zo. Want Karima durfde niet erg te vertrouwen op de tranen van haar moeder. Die schenen weinig effect te hebben op haar broer. Maar de liefde, o de liefde! Karima had veel meer vertrouwen in de werking van de liefde.

In de dagen en weken die volgden veranderde er iets. Khadizja gunde Karim niet meer alle vrijheid. Ze hield hem bezig met opdrachten en boodschappen, en ze was zelf naar Hmidou gegaan om te vragen of hij Karim terug wilde nemen. Voorlopig zonder resultaat trouwens, want de groenteboer had van de schandelijke aanhouding gehoord en gezegd dat hij erover na wilde denken. Oom Khalid was gekomen – Karim had meteen geprobeerd ervandoor te gaan, maar dat was hem verboden – en er vonden fluisterende besprekingen plaats waar zelfs Karima niet het fijne van aan de weet kwam.

Van hun vader hoorden ze niets. Karima begreep dat haar moeder en oom Khalid besloten hadden hem voorlopig niets te vertellen over Karims arrestatie. Dat was maar beter ook, dacht ze, want als Hadou ervan wist zou hij meteen willen terugkomen. Dan was het huis wekenlang te klein, figuurlijk maar ook letterlijk. En het zou weinig oplossen; Karim zou alleen maar weer weglopen, deze keer heel ver weg misschien.

Het waren eenzame dagen voor Karima. Nu haar broer weer voortdurend over de vloer was, merkte ze pas goed hoe sterk ze uit elkaar waren gegroeid. Hij scheen haar als onderdeel van een samenzwering te beschouwen, de samenzwering van 'de vrouwen' tegen de man die hij zo graag wilde zijn. Karima was voor hem de vijand geworden. Ze miste de broer met wie ze had kunnen praten zonder woorden te gebruiken...

Ze had ook niemand anders. Want in het huis van Fatima en Maryam kwam ze liever niet meer. De meisjes waren vol van Maryams aanstaande huwelijk en schenen niets liever te doen dan Mustafa in de watten te leggen. De mooie Mustafa, die zijn verloving vooral als een buitenkansje voor Maryam scheen te beschouwen. Het was gewoon onuitstaanbaar zoals hij glimlachend naar Maryam kon kijken als ze af en aan liep om het hem naar de zin te maken! Karima was niet meer verliefd op hem. Bij nader inzien was de jongen vooral arrogant. Een opschepper, met zijn verhalen over Frankrijk. Bij ons in Frankrijk dit, en bij ons in Frankrijk dat... Je was toch zeker niet een beter mens als je toevallig in Europa woonde?

Fatima had het te druk om bij Karima langs te komen. Ze zagen elkaar alleen af en toe als Karima de koeien wegbracht of bij het boodschappen doen. En dan wilde Fatima alleen babbelen over haar neef en aanstaande zwager, wat Karima niet wilde horen. Ze schaamde zich nog steeds.

Haar enige troost was een boekje dat ze van Maryam had gepikt, die het weer van een nicht in Medina had meegenomen. Het was beduimeld en vuil, maar je kon de plaatjes nog goed zien. Een stripverhaal over een onwaarschijnlijk mooi meisje dat verliefd werd op een onwaarschijnlijk knappe jongen. Karima had nog nooit zoiets heerlijks in handen gehad. Ze hield het verstopt onder haar matras, want ze was bang dat het niet helemaal fatsoenlijk was – aan het eind zoenden de jongen en het meisje elkaar, zomaar in het openbaar, en ze waren niet eens verloofd! Tenminste, dat vermoedde Karima. Want ze kon de woorden niet lezen. Alleen een paar, die ze kende: *habibi, habibati*... Ze noemden elkaar schat, die twee.

Keer op keer bladerde Karima in het schemerdonker van

haar slaapkamer door het boekje, bestudeerde de gezichten van de personages, in de hoop dat ze zo zou begrijpen wat er gezegd werd in de ballonnetjes tekst. Wat deed die blonde jongen in het verhaal? En waarom keek de heldin zo verdrietig nadat ze met haar vriendin had gepraat? Moeizaam ontcijferde Karima de letters, maar ze slaagde er maar slecht in er woorden van te maken, laat staan het verhaal te begrijpen. Had ze maar echt leren lezen!

Telkens opnieuw verzon ze het verhaal bij de plaatjes, en telkens stuitte ze dan weer op een gezichtsuitdrukking of een gebeurtenis die niet klopte bij de rest. Ze werd er gek van, zó erg zelfs dat ze ten slotte bij haar broer aanklopte.

Karim zat in de poort, op een omgedraaide keukenstoel, en keek naar een paar kippen die nog op straat rondscharrelden en de schaarse voorbijgangers die zich in de schemering naar huis haastten. Karima ging naast hem staan.

'Je moet me helpen.' Karim keek op. Even zag ze een trek van verbazing over zijn gezicht glijden, toen keek hij weer neutraal.

'Wat is er dan?'

Karima duwde hem het boekje onder zijn neus.

'Je moet me zeggen wat er staat.'

'Moet ik je soms voorlezen?' vroeg hij smalend. 'Wat is dit voor rommel?'

'Niks voor jou, ik weet het. Maar ik wil het graag lezen.'

Karim gooide het boekje naar haar toe.

'Doe dat dan. Veel plezier.'

Karima ving haar kostbare boekje op en drukte het tegen haar borst. Ze keek haar broer aan.

'Karim... ik kán het niet lezen. Ik kan niet lezen! Begrijp je niet wat het betekent, als je niet kunt lezen?'

Haar broer haalde zijn schouders op. Opeens leek het belangrijk hem duidelijk te maken hoe het leven er voor haar uitzag.

Een rechter had beslist over Karims verdere leven. Hun

vader had beslist met wie hij moest trouwen. Maar de rechter had ook gezegd: *Het ligt in je eigen hand.* Dat betekende dat Karim zelf kon besluiten wat voor leven hij zou leiden. Maar Karima had zo lang ze leefde nog niet één besluit of beslissing genomen. Niet één. Straks zou ze een man krijgen, die van dag tot dag zou bepalen hoe haar leven eruit zou zien. Ze moest Karim uitleggen... ze moest hem duidelijk maken...

'Niet kunnen lezen, dat is... Karim, denk je nou eens in! Dat je niets begrijpt van wat er overal geschreven staat. De Koran niet eens. Maar ook niet de gebruiksaanwijzingen op pakjes die ik soms voor yema meeneem uit de winkel.'

'Nou en? Je kunt toch koken?'

'Jawel, maar ik wil zo graag weten wat er stáát! Als het niet belangrijk was, zouden ze het er toch niet op zetten?'

'Ik heb anders nog nooit de lettertjes gelezen op een pak meel!'

'Ja, hè hè! Jij staat ook nooit in de keuken. Maar je kúnt alles lezen als je wilt. En dat doe je ook. Wat er op een bus staat, waar hij heen gaat. Krantenkoppen – wat er gebeurt in de wereld. Die boekjes waar jij en je vrienden altijd zo geheimzinnig over doen. Uithangborden bij winkels... De ondertiteling op televisie. Je kúnt het allemaal lezen. Je hebt de keuze. En ik niet. Ik kan het alleen... zien.'

Karim zat haar aan te kijken. Hij moest de tranen in haar ogen opmerken, maar hij deed of hij ze niet zag. Zijn rechterwijsvinger krabde aan een korstje op de rug van zijn linkerhand, werktuiglijk.

'Ja,' zei hij.

Karima glimlachte door haar tranen heen. Typisch zo'n Karim-antwoord waar je niks aan had. Maar ze wist dat hij het begrepen had. Dat hij eindelijk inzag dat ze als een soort gehandicapte door het leven ging. Zij en hun moeder en nog een heleboel vrouwen in Souk el Khamiss en Douar en misschien wel in heel Marokko en wie weet in de hele wereld – ze was niet de enige. Maar van de meisjes van haar leeftijd en in haar dorp was ze wél de enige die nooit naar school was geweest. Dat stomme 'ja' van Karim, dat was een antwoord waar alles in zat. Dat hij het snapte, dat hij eindelijk wist wat zijn zusje had gemist doordat híj naar school moest, en dat Karim dat geschenk had laten liggen, zijn eigen kansen had laten lopen ter wille van de vriendschap met een halve crimineel. Er zat misschien zelfs een belofte in.

'Maar ik ga je toch echt niet voorlezen,' zei hij. En na een blik op zijn zusje: 'In elk geval niet hier.'

Daar moest ze het mee doen, tot de volgende ochtend, toen ze in de brij van erwten en komijn stond te roeren die ze als middageten zouden eten – ze hadden het niet meer zo goed als vroeger, toen Karim nog wat geld thuisbracht. Karim kwam binnen en ging op het bankje in de hoek zitten, maar Karima lette niet op hem omdat ze de gedeukte pan met één hand moest vasthouden op het wiebelige butagasstelletje, en als ze niet roerde, brandden de erwten aan.

Toen opeens begon hij zó vreemd te praten, hortend en monotoon en over dingen die haar niets zeiden, dat ze opkeek en hem gebogen over haar stripboekje zag zitten, met zijn vinger bij de letters.

'O Karim!' Ze zag hem verstrakken, dus ze zei vlug: 'Begin nog eens bij het begin, ik heb het even gemist.'

Karim las haar het hele boekje voor, en hij hield pas op toen ze olijfolie over de *bisarra* goot en haar moeder binnenkwam voor het eten. Na de maaltijd vroeg Karima of hij het nog één keer wilde voorlezen, omdat ze precies wilde weten wat er bij elk plaatje stond, en dat deed hij nog ook.

Onder het melken 's avonds dacht Karima daarover na. Waarom had Karim, die de laatste jaren altijd zijn eigen gang ging en zich niets liet zeggen, die overal lak aan had, zelfs aan de wet, die zich niets aantrok van zijn moeders tranen, waarom had die Karim-zonder-hart dat voor haar gedaan?

Maar ze kon er geen antwoord op vinden.

Habibi, habibati

Mustafa, de jongen die ze hadden geprobeerd te beroven, was inderdaad een neef van Fatima. En ook de verloofde van haar zus. Fatima zelf had belangstelling voor hém, dat wist Karim nu zeker. Maar hij durfde niet bij hun huis in de buurt te komen; als hij weg moest ging hij altijd rechtsaf de poort uit, zodat hij een grote omweg moest maken naar het centrum van het dorp. Sinds hij was vrijgelaten, had hij Fatima niet in de ogen durven kijken. Geen enkel meisje wilde een bajesklant.

Het kwam door dat stomme boekje van Karima. Een vies vodje vol huilerige meisjes en schone jongens in dure kleren, die over niets anders jammerden dan over de liefde – de jongens ook, dat geloofde je toch niet! Het was een stom meidenboekje. Habibi hier en habibati daar, om misselijk van te worden!

Maar hij had er toch over lopen nadenken, want als meisjes dat soort sentimenteel gezwets lazen, dan vonden ze het dus wel belangrijk. Liefde. Een woord dat gepaard ging met vunzige knipoogjes en krokodillentranen! Maar meisjes geloofden er heilig in. En dus moest je het spelletje wel meespelen.

Hij kon zich met geen mogelijkheid voorstellen dat hij zulke zoete woordjes tegen Tarcha zou fluisteren. Als hij zich zijn toekomst voorstelde – dat moest nu wel, hij had trouwens niets ánders te doen – dan kwam daar altijd een vrouw in voor die op Fatima leek. Maar Fatima zou hij niet krijgen. Haar zus Maryam had die arrogante kwal van een Mustafa gestrikt, en dat was een goede vangst. Karim wist wel hoe het werkte: ouders die in Europa woonden, wilden een goede moslima voor hun zoons, en die waren in Europa nou eenmaal niet te vinden. Meisjes die daar opgroeiden, waren niet te vertrouwen. Maryam was niet aangetast door die goddeloze moraal en bovendien nog vrij, zo simpel was het. Maar Maryams vader zou vinden dat hij een goede zaak had gedaan, en hij zou voor zijn tweede dochter op zoek gaan naar een minstens even goede kandidaat.

En de jongen die zijn neef beroofd had, maakte geen kans. Tenzij...

Vaak, als hij wezenloos voor zich uit zat te staren, onder invloed van de solutie die hij kocht met geld uit de huishoudpot, beraamde hij plannen om zich te revancheren. Hij zou naar school gaan en diploma's halen, hij zou rechter worden en dan terugkomen – dan zou je zien hoe graag Fatima's vader hem aannam!

Of hij ging naar Hollanda en begon een eigen bedrijf, een garage bijvoorbeeld, en dan kwam hij terug in een sneeuwwitte Mercedes om Fatima's hand te vragen!

Of hij zou leren golfen en dan bleek hij een natuurtalent te zijn, hij mocht in competities spelen, steeds hoger, en op een dag zou de koning hem uitnodigen voor een partijtje, want hij zou graag eens spelen tegen de beste golfer van het land (uitgezonderd hijzelf natuurlijk). En als de koning dan zag hoe talentvol hij was, dan zou hij hem een baan in zijn paleis aanbieden en...

Zijn plannen waren vaag en werden steeds vager. Want in werkelijkheid was het natuurlijk uitgesloten dat hem zoiets zou lukken. Hij was een gewone jongen uit de bergen en een jongen uit de bergen zou hij blijven. Dat hij, zodra hij er de leeftijd voor had, moest trouwen, was alleen een schrikbeeld. Onwezenlijk als een nachtmerrie. Voor altijd opgesloten in Souk el Khamiss, of erger nog, Douar. Dat was erger dan zijn ergste nachtmerrie! Als troost nam hij dan nog maar een snuifje.

Zo zat hij weer eens in de poort toen, uit het niets leek het wel, de imam opdoemde. Karim sprong overeind. Een imam bij hen thuis! Wat kwam die doen?

'Dag Karim, is je moeder thuis?' De imam keek ernstig. Wat

een heiligheid, zeg, dacht Karim. Het leek hem beleefd om de weg te wijzen, en tegelijkertijd zijn moeder en zusje te waarschuwen voor het hoge bezoek. Op de binnenplaats praatte hij luidkeels tegen de imam, zodat Karima verschrikt kwam aanrennen met een kleed en wat kussens. Ze hadden geen kamer waar ze met goed fatsoen zo'n gast konden ontvangen, maar het was mooi weer en de imam nam genoegen met de schaduw van de vijgentakken die over de buitenmuur groeiden. Karim probeerde wat te babbelen over het weer, maar de geestelijke bleef zwijgzaam. Dat voorspelde niet veel goeds. Hadden de berichten over zijn levenswandel nu ook de moskee bereikt? Kwam de imam Karim manen om vaker te komen op vrijdag?

94

Khadizja, die zich gauw opgeknapt leek te hebben, kwam naar buiten om de imam te begroeten. Ze verontschuldigde zich nederig dat ze hem zo lang had laten wachten. De thee zou zo komen, haar dochter was hem aan het maken, een goed meisje, haar dochter... Met een autoritair gebaar damde de imam de woordenstroom in.

'Ik ben niet voor thee gekomen... Roep je dochter hier, alsjeblieft.'

Karim was al weg.

'Karima... de imam wil dat je komt! Er is iets... Kom gauw!'

Karima, die met de theeketel in de weer was, liet een plens heet water over haar voeten vallen en sloeg haar hand voor haar mond om de pijn te verbijten.

'Maar... de thee!'

'Laat die thee maar, je moet meteen komen!'

Haastig gingen ze allebei naar buiten, even keken ze elkaar angstig aan, en heel wat minder haastig voegden ze zich bij hun moeder en de imam onder de vijgentakken.

'Karima, ga naast je moeder zitten. Zo ja.'

Karima had haar moeders hand gepakt. Karim begon te begrijpen dat dit bezoek niets met hem te maken had. Er was iets ergers aan de hand...

'Khadizja, het geloof zal in deze tijd een troost en een steun voor je zijn. De droeve plicht die ik moet vervullen doet me geen plezier, maar het is een geruststelling te weten dat je een goede moslima bent, en dat je nooit uit het oog zult verliezen dat God je in een ander leven schadeloos zal stellen voor je beproevingen hier...'

Karim wilde wel schreeuwen: 'Hou op met dat gezwets en zeg wat je te zeggen hebt, man!' maar dat durfde hij natuurlijk niet.

Khadizja drukte haar handen, met die van Karima ertussen geklemd, tegen haar borst.

'Hadou...!' bracht ze uit. 'Waar is hij?'

'Daar wordt voor gezorgd,' zei de imam rustig. Karim zag zijn kleine ogen heen en weer flitsen tussen zijn moeder en hemzelf. 'Zijn stoffelijk overschot zal binnen enkele dagen hier zijn. Als je hulp nodig hebt met de formaliteiten...'

De jammerklacht van Khadizja sneed zijn woorden af. De kreet was zo hard en zo schel, en ook zo hartverscheurend, dat Karim verbaasd was dat die uit zijn kleine moeder kon komen. Onmiddellijk klonk er een echo van een naburige binnenplaats, en even later stortten zich twee buurvrouwen naar binnen om de weduwe van Hadou te helpen bij het uiten van haar verdriet. De imam bleef stoïcijns onder het geweeklaag. Karima liet haar moeder over aan haar vriendinnen en ging naar binnen om de thee te halen. Karim drentelde achter haar aan.

'We moeten bakken,' zei Karima. 'We moeten vragen of we de oven van Maryams moeder mogen gebruiken, en hoe kom ik aan kippen? Er is geen markt vandaag.' Karim keek uit het keukenraam: inderdaad stroomde hun kleine plaatsje vol mensen. Buren, vrienden, allemaal mensen die hij liever niet onder ogen wilde komen. Mensen die volgens Karima te eten moesten hebben.

Hij bleef in de keuken achter terwijl zijn zusje thee schonk. Ze kwam terug om nieuw water op te zetten.

'Sta je daar nog? Ga koekjes halen, we hebben niets in huis.'

Karim hield zijn hand op. 'Geld?' Zijn moeder en zusje verstopten de huishoudportemonnee steeds op een andere plek. Het was om dood te gaan van schaamte, dat hij als een klein kind om geld moest vragen, zeker op een moment als nu. Nu hij de enige man in huis was. Voorgoed.

'Wat heb je? Het lijkt wel of je ogen eruit vallen,' snauwde Karima.

'Baba is dood!' zei Karim. Pas nu hij het hardop zei, drong het tot hem door. Tenminste, een beetje.

'Kom je er ook achter!' Maar toen Karim haar aankeek, zag hij dat zijn zusje het ook nog niet besefte.

'Wat is er gebeurd? Hoe kan hij nou zomaar opeens dood zijn?'

'Weet ik niet. Ik heb het te druk.' Karima zette de ketel naast het gasstel en ging op de grond zitten. Ze sloeg haar handen voor haar gezicht. 'Ik weet het ook allemaal niet meer!' Gelukkig huilde ze niet.

De moeder van Fatima kwam binnen, gevolgd door Fatima zelf.

'Schiet op Karim, maak dat je wegkomt. Kom meisje, laat mij het hier maar regelen. Ga jij maar naar je moeder toe. Hoor haar toch eens huilen, het arme mens.'

Karim haalde koekjes als een slaapwandelaar. Toen hij terugkwam, merkte hij dat Karima zich zorgen had gemaakt om niets, want buurvrouwen hadden van alles te eten meegebracht. Zijn moeder zag hij niet, maar hij hoorde dat ze in de slaapkamer was, omringd door vrouwen. De imam zat nog steeds op zijn plek in de schaduw, en dronk doodgemoedereerd zijn thee. Een paar oudere mannen zaten bij hem met gebedssnoeren tussen hun vingers. Karima was in de keuken, haar gezicht was nu betraand. Karim had het gevoel dat het hem allemaal niets aanging. Zijn vader was dood, ja. Maar het zei hem niets.

Hij ging bij de mannen zitten, liet zich de betuigingen van medeleven aanleunen, en toen hoorde hij eindelijk wat er gebeurd was.

Zijn vader had 's nachts in de parkeergarage gezeten, een enorm gebouw waar honderden auto's in werden geparkeerd. Hij was ingedommeld (tenslotte werkte hij overdag ook nog) en hij schrok wakker toen een groepje dronken mannen tegen de ruit van zijn hokje bonkte. Wat er toen precies voorgevallen was, wist niemand; de politie dacht dat de mannen onderling ruzie hadden gekregen en Hadou had geprobeerd hen uit elkaar te halen – de getuigen die bezig waren geweest hun parkeerkaart te betalen, hadden zich uit de voeten gemaakt toen het geschreeuw begon. In ieder geval was de ruit van een auto ingeslagen met een honkbalknuppel. En, hoewel niemand dat met zoveel woorden zei, moest hetzelfde gebeurd zijn met Hadous schedel. De politie had het lichaam weggehaald en vastgehouden voor het onderzoek.

'Maar waarom dééd niemand iets?' vroeg een buurman verbolgen. 'De mensen die erbij waren hadden Hadou toch kunnen helpen. Wat zijn dat voor lafbekken, dat ze wegrennen!'

De imam schudde zijn hoofd. 'Ik heb begrepen dat de mensen in Hollanda het al heel wat vinden als ze de politie bellen,' zei hij. 'Iedereen is bang daar.'

De vader van Mustafa verhief zijn stem. 'Jullie begrijpen Europa niet,' zei hij. 'Niemand zal zijn leven wagen voor een Marokkaan.'

De andere mannen staarden hem niet-begrijpend aan. Als iemand in nood was, schoot je toch te hulp?

Mustafa's vader schudde zijn hoofd.

'Niet voor een Marokkaan,' herhaalde hij. 'Ze vinden dat we blij mogen zijn dat we werk hebben. Verder moeten we ons stil houden. En zodra er moeilijkheden zijn, altijd als er moeilijkheden zijn, dan heeft de Marokkaan het gedaan.'

Hij werd overstemd door het geweeklaag uit de slaapkamer.

Karim, die naast de imam zat, ving diens gemompelde woorden op: 'Alcohol. De oorsprong van alle kwaad.' Hij moest denken aan het bier dat hij gedronken had op zijn uitstapje naar Medina, en hoe hij toen niet eens had gemerkt dat zijn geld gestolen was.

Hadou had zijn hele leven nog geen druppel alcohol gedronken en was vermoord door een stel dronkelappen. Hoe hard je ook probeerde het te begrijpen, het drong niet tot je door.

'Hij was een goede man,' zei iemand. 'Dit had hij niet verdiend.'

'Het was Gods wil,' zei de imam. 'Wat hij verdiend heeft, wacht op hem in het hiernamaals.'

'Maar kijk hoe hij voor zijn gezin heeft gezorgd! Nooit de lusten, altijd de lasten.'

Er viel een stilte, en op de een of andere manier keken toen al die mannen naar Karim. Sommigen doordringend, anderen tersluiks; iemand langdurig, zijn buurman maar even; de een verwijtend en de ander met minachting. Karim bleef zitten, en hij was Mustafa's vader dankbaar toen die weer over Frankrijk begon en de andere mannen een discussie begonnen over de verschillen met Hollanda.

De dag ging als in een waas voorbij en duurde tegelijk schijnbaar eindeloos. Pas heel laat in de avond vertrokken de laatste mensen, met de belofte de volgende dag terug te keren. Karim stond bij de poort om die te vergrendelen. Dat was zijn taak, als man in huis.

Karima dook in het donker op. Ze giechelde.

'Heb jij opeens een geweten gekregen? Dat doe ík anders altijd.'

Hij keek haar aan. Hij was blij dat er iemand lachte, durfde te lachen. Zou ze het nog steeds niet beseffen?

'Baba is dood,' zei hij voor de tweede keer die dag.

Karima knikte. Ze drukte haar wang even tegen zijn mouw.

'Ik weet het. Yema staat er nu helemaal alleen voor. En jij moet het geld verdienen. Ik ook misschien. En dan moet Tarcha hier komen om voor yema te zorgen.'

'Denk je dan helemaal niet aan baba?' vroeg Karim. Hij zei dat niet om haar op haar plicht te wijzen, hij was alleen verbaasd.

Karima schudde haar hoofd.

'Nee. Ik kan niet aan hem denken. Daar... daar kan ik niet tegen.' Haar wang lag nu tegen het hout van de deur. 'Hij heeft vast aan haar gedacht. Aan yema. Ik denk dat hij van haar hield. Denk je niet?'

Habibi, habibati...

'Liefde is onzin,' zei Karim hard. 'Dat je dáár nu aan denkt!' Hij had zijn moeder horen snikken vandaag: 'Habibi!' Met een lange uithaal. Liefde? 'Géld, daar gaat het om. Alles gaat over geld.'

Hij verwachtte dat ze boos zou worden, dat ze hem woedend verwijten zou maken, en eigenlijk had hij daar ook behoefte aan. Maar zijn zusje streek zonder iets te zeggen met haar wijsvinger langs een kier in de planken, heen en weer, steeds opnieuw. Karim volgde haar vinger, die zoveel spitser en slanker was dan die van hem. Ze leken niet echt op elkaar. Ze waren alleen per toeval op dezelfde dag geboren.

Karima draaide zich om. Ze huilde niet. Ze leunde tegen de deur en keek hem aan.

'Je moet het je niet aantrekken, hoor Karim. Hij was nu eenmaal zo. Je had hem niet tegen kunnen houden.'

Hij schrok. Hij wendde zijn blik af. Zodra ze het zei, had hij begrepen wat Karima bedoelde. Maar hij wílde het niet begrijpen...

De twee banen die hun vader tegelijk had gehad. Om te sparen voor Karims toekomst. Een internaat, een bruiloft.

Een baan overdag en een baan 's nachts. Waardoor Hadou slaperig en langzaam was geweest op het moment dat zijn leven in gevaar was.

Karim had de hele dag geprobeerd er niet aan te denken. Toch had het op de loer gelegen in zijn hoofd, en Karima had het eruit gepeuterd.

'Niet zeggen,' smeekte hij. 'Niet over praten.'

'Nu komt het op ons aan, broer. Op jou en mij.'

Hij sloeg zijn blik neer – hoe had hij kunnen denken dat hij een man was? – maar keek haar daarna toch aan. Hij hoefde niet te knikken – ze kon nog steeds zijn gedachten lezen.

'Het lukt jou wel. Jij redt het wel,' zei Karima, en ze knikte nadrukkelijk, alsof ze het daarmee wáár kon maken.

'En jij?' vroeg hij.

Karima haalde haar schouders even op. Ze maakte zich los van de deur en liep weg.

'Nog bedankt dat je me dat verhaal hebt voorgelezen,' zei ze hees.

Dat snapte hij niet. En tegelijk ook wel.

Karima verdween in de slaapkamer; een tijdje later ging het licht uit. Karim zat nog op het bankje tegen het washok. Voor het eerst kon hij een beetje navoelen hoe het leven er voor zijn vader had uitgezien. Het lot van die twee vrouwen lag in zijn handen. Een zieke vrouw en een jong meisje dat niet kon lezen of schrijven, zonder uitzicht op een huwelijk. Alleen, ver van huis. Habibi – hoe vaak zou Hadou dat uit de mond van zijn vrouw hebben gehoord? Hoe vaak had hij de kans gehad haar habibati te noemen? Altijd alleen, in een ver, vijandig land. Altijd piekeren, altijd ploeteren. Met altijd die zwijgende smeekbede uit zijn vaderland, dat snakken naar meer, die hulpeloosheid van de twee vrouwen wier leven van zijn werkkracht afhing... Zonder hem waren ze nergens.

Een last die te zwaar was voor één man.

En al helemaal te zwaar voor een jongen van vijftien.

Hij kon hier niet blijven.

De steile weg

De begrafenis was achter de rug. De mensen waren meegeko-
men naar het huis van de weduwe en wachtten op het eten.
Tegen de muren van de kleine binnenplaats weerkaatste de
stem van de imam, die teksten uit de Koran reciteerde. De
mannen hadden zich verzameld onder de takken van de vijgenboom, tegen de achtermuur, de vrouwen groepten samen
onder het raam van de keuken. Daarbinnen stonden overal
schalen en pannen, vol met de goede gaven van buurvrouwen.
Khadizja regelde met een strak gezicht wat er geregeld moest
worden; Karima kon nauwelijks uit de voeten in de drukte.
Karim, die rondhing zonder te weten wat hij moest doen, zag
haar naar buiten komen met een schaal water voor de mannen, zodat die hun handen konden wassen, maar ze werd
tegengehouden door een buurvrouw.

'Daar ben je nu te oud voor, meisje. Laat je broer dat doen.'

Er gleed een trek van opperste verbazing over Karima's
gezicht. Ze snapte niet dat het geen pas gaf dat zij, als jong
meisje, zich onder de mannen mengde. Zo naïef! Toen zag hij
dat het tot zijn zusje doordrong; ze bloosde. De buurvrouw
wenkte Karim. Hij had er geen zin in, maar hij moest wel.

Karima gaf hem het water en de handdoek. Eigenlijk was
Karim blij, nu had hij tenminste wat te doen. Hij gaf de schaal
het eerst aan de imam natuurlijk, en daarna aan oom Khalid.
Hij had het vreselijk gevonden dat hij zijn voormalige baas
weer onder ogen moest komen, maar het leek wel alsof Khalid
helemaal was vergeten dat hij een lammetje gestolen had; hij
was er met geen woord op teruggekomen.

Hij had niet echt naar de overbekende woorden van de
imam geluisterd, maar één zinnetje bleef hangen: 'Leid ons op
de juiste weg.' Terwijl hij af en aan liep met schalen eten,

kwam het steeds terug in zijn hoofd. Vreemd, want hij had die woorden al honderden keren gehoord. Hij vroeg zich af wat voor hem de juiste weg was. Nog een flard van de heilige tekst kwam zomaar boven, overgehouden aan de bezoeken die hij met Hmidou aan de moskee had gebracht: 'En hebben Wij hem niet de twee wegen gewezen? Toch is hij de steile weg niet ingeslagen.' Wat het precies betekende wist hij niet, maar het had iets te maken met het helpen van weduwen en wezen – en het geloof natuurlijk, want daar begon en eindigde alles mee. Maar je kon geloven tot je erbij neerviel, en dan ging toch opeens je vader dood en moest je het maar uitzoeken. Niet helemaal alleen, want hoewel de Ramdani's geen familie hadden, waren al deze mensen gekomen om hen bij te staan. Omdat het in de Koran stond natuurlijk – want zouden ze dat ook gedaan hebben als het niet móést?

De steile weg en de juiste weg, het waren woorden waarvan hij kriebelig werd. Er móést altijd van alles. Kon je niet gewoon leven zoals je wilde? Daar had toch niemand last van?

Kennelijk stond zijn gezicht op onweer, want tot twee keer toe kreeg hij een tikje tegen zijn wang van buurvrouwen, en ze lachten hem bemoedigend toe en probeerden hem te troosten. Ze namen aan dat hij treurde om de dood van zijn vader. De werkelijkheid was dat hij geen verdriet had. Hij had zijn vader nauwelijks gekend, en het enige wat hem was bijgebleven waren de waarschuwingen die hij van hem gekregen had, de dreigementen, de klappen. Zijn vader was degene die de televisie had weggesmeten, het enige geschenk van Karim aan zijn moeder en zusje. Dat zijn vader dood was, betekende een bevrijding. Vrijheid.

Gelukkig waren de mannen nu begonnen met eten en was het gedaan met de Koranteksten. Ze waren op sappiger onderwerpen overgestapt, bijna alsof ze alweer vergeten waren dat er iemand dood was.

'Er is vorige week bericht gekomen,' zei oom Khalid. 'Mohammed heeft het gehaald. Hij werkt nu in Hollanda en als het meezit laat hij zijn vrouw volgend jaar overkomen. En het kind, want dat zal dan wel geboren zijn.'

'Die Mohammed! Het boertje uit Douar. Ik had gedacht dat hij Melilla niet eens gehaald zou hebben.'

'Ja, dat hij verdronken zou zijn, of gepakt door de Spaanse douane. Het is een wonder, je ziet hem er niet voor aan.'

'Ik gun het hem wel,' zei Khalid. 'Hij heeft jaren gespaard om die bemiddelaar te kunnen betalen. Hij was een harde werker, Omar liet hem niet graag gaan. Ik denk dat Omar liever had gehad dat Mohammed was teruggestuurd.'

'Waar kan ik die bemiddelaar vinden?' vroeg de vader van Fatima. De mannen lachten; iedereen wist dat Ali er niet aan dacht Souk el Khamiss te verlaten in ruil voor het onzekere bestaan in het noorden. In dienst van de meubelmaker verdiende hij genoeg om zijn gezin te onderhouden. Toch gaf Khalid antwoord: 'Hij heet Haroun El Merini. In Marsa kent iedereen hem. Zijn contact heeft eigen boten, van die snelle rubberboten. En Haroun heeft kennissen in Spanje, zelfs bij de douane schijnt het.'

'Maar daar laat hij zich dan ook wel voor betalen,' zei een andere buurman.

'Allicht,' zei weer een ander. 'Daar werken wij drie jaar voor. En dan heb je nog niet gegeten of de huur betaald. Om maar te zwijgen over degenen onder ons die een gezin hebben.' Weer werd er gelachen; iedereen die rond de schaal couscous zat, was huisvader.

Karim rekende snel. Was het zó duur? En betaalde je dan alleen voor de overtocht naar Spanje, of voor de hele reis? En kreeg je voor dat geld ook de papieren die je nodig had?

Hij voelde zich vreemd opgewonden. Hij repeteerde wat hij gehoord had, sloeg het in zijn geheugen op om er later nog eens goed over te denken. Marsa, Haroun El Merini, driemaal een jaarloon.

Karima betrapte haar moeder met de gouden sieraden in haar

handen die ze bij haar huwelijk had gekregen, en later van Hadou, als hij thuisgekomen was. Ze lagen normaal in een doos die Khadizja in haar kleerkast bewaarde, bij de belangrijke papieren in de la die altijd afgesloten bleef. Maar nu zat ze ermee te spelen. Ze keek verschrikt op toen Karima binnenkwam met de schone was.

'Yema...' zei Karima. Ze zou het verschrikkelijk vinden als haar moeder het goud zou verkopen. Die sieraden waren niet alleen het belangrijkste aandenken aan hun man en vader, ze waren ook een teken dat ze ondanks alle tegenslagen nog niet wanhopig hoefden te zijn. Zolang ze het goud hadden, konden ze met opgeheven hoofd door het dorp lopen, ook al stond de rekening bij de kruidenier al langer dan een maand open... Maar Karima wist niet hoe ze haar moeder kon tegenhouden als ze het nodig vond afstand te doen van haar spaarpotje.

Nu de drukte van de begrafenis voorbij was, was het verdriet als een rotsblok op hun huis gevallen. Het verdriet én de zorgen. Khadizja huilde niet meer, zoals ze vroeger gedaan had als Karim weer eens wat had uitgehaald, maar ze lag 's nachts te woelen en te zuchten en er waren zwarte kringen onder haar ogen gekomen. Haar wangen vielen in, hoewel ze toch normaal at. De buren hadden gezegd dat er wel geld uit Hollanda zou komen, en ze brachten af en toe iets om hen te helpen. Een stuk vlees als er een schaap geslacht was bijvoorbeeld. Maar de huur en de elektriciteit moesten met geld worden betaald. En er kwam niets uit Hollanda. Er moest iets gebeuren.

Karima wilde niet brutaal zijn, maar ze kon het niet langer aanzien hoe haar moeders handen het ene sieraad na het andere wogen en betastten en weer op het bed legden, ze kon die onderdrukte zuchten niet langer aanhoren.

'Yema... ik zal gaan werken. Ik zal in de rijke buurt gaan vragen of ze ergens een hulp in de huishouding nodig hebben.' Daar had ze over na liggen denken. Het was verschrikkelijk dat ze haar zieke moeder alleen moest laten, zodat er niemand zou zijn als ze een toeval kreeg, maar Karima was tot de conclusie gekomen dat het niet anders kon. 'Verkoop het goud niet, yema!'

Het leek alsof Khadizja niets gehoord had.

'Ik weet niet waarvan we de huur moeten betalen.'

'Maar yema, het goud dat je van baba gekregen hebt! Alsjeblieft niet, dat niet!'

'We zullen wel moeten, kind. We kunnen nergens heen... Je weet dat je vader eens per jaar betaalde, voor een heel jaar. De huisbaas komt deze maand. Het kan niet anders.'

Karima dacht snel na. Er was haar nog een oplossing ingevallen in de slapeloze uren. Ook die zou ze afschuwelijk vinden, maar...

'We verkopen de koeien,' zei ze gedecideerd. 'Twee koeien, dat is toch wel genoeg voor de huur?'

Khadizja keek haar aarzelend aan. 'Maar soms moet ik de melk verkopen om geld te hebben voor eten. Sinds Karim niet meer werkt.'

Dat was wat Karima nog het meest verbaasde: dat haar broer niet onmiddellijk werk had gezocht. Hij zéi dat hij aan het zoeken was, hij bleef hele dagen weg; maar waarom had hij dan nog niets gevonden? Baas Hmidou zou hem nú toch wel terug willen nemen, nu iedereen wist dat het gezin zonder kostwinner was komen te zitten? Hmidou was een gelovig man, en de Koran zei dat je weduwen en wezen moest helpen. En dat was wat ze nu waren. Weduwen en wezen, behoeftigen, armen, bedelaars: het soort mensen dat aalmoezen kreeg. Het knakte Karima's trots, maar wat waar was, was waar.

Nee, het was níét waar! Ze hadden nog een dak boven hun hoofd, en ze hadden de koeien en het goud nog. Karim kon werken, Karima kon werken. Ze kwamen er wel weer bovenop!

'We kunnen wel zonder dat beetje melk,' zei ze beslist. Ze legde de was in de kast en nam haar moeder mee naar de stal. 'Kijk, yema! De ene geeft al geen melk meer, die moet opnieuw onder de stier, en kijk hoe oud de ander wordt, ze geeft nog maar weinig. Ze eten meer op dan ze opleveren. Ze zijn goed voor een stoofpot.' Het deed haar pijn dat te zeggen, want ze had in eenzame uren warmte gevonden bij de koeien. Het gemis van haar ezeltje konden ze niet goedmaken, maar het waren geduldige, trouwe dieren, een soort zwijgende vriendinnen. Maar het klopte dat ze oud werden.

'Denk je?' Khadizja keek haar dochter vragend aan. Dat was nieuw. Vroeger werd Karima's mening niet gevraagd. Ook al woonde haar man ver weg, Khadizja had toch steun ontleend aan Hadou. Nu hij dood was, leek ze wel alle vastberadenheid verloren te hebben.

'Ik ga nog even weg,' zei Karima. 'Als jij op het eten wilt letten? Dan ga ik rondvragen of ze ergens iemand nodig hebben.'

Haar moeder gaf zich gewonnen en ging gehoorzaam naar de keuken. De moed zonk Karima in haar schoenen bij het idee dat ze zomaar bij vreemde mensen aan zou moeten kloppen. Zij hadden geen relaties in het dorp, geen echte intieme vrienden of familie. Ze hadden natuurlijk oom Khalid, en die liet hen heus niet in de steek. Maar die kon niet elke dag komen, en hij was zeker niet in staat hun financiële problemen op te lossen.

Hoe bang ze ook was, Karima deed altijd wat ze gezegd had. Ze streek snel een paar plukken haar weg onder haar hoofddoek, inspecteerde haar kaftan en ging op weg. Onderweg keek ze uit of ze Karim zag – misschien zou hij met haar mee willen gaan – maar hij was nergens te bekennen. Op goed geluk liep ze naar het rijke stuk van het dorp. Ze bekeek de huizen, die met de rode pannendaken, de Franse huizen. En de andere, die in Marokkaanse stijl gebouwd waren, maar wel van beton en keurig gepleisterd. Ze herinnerde zich hoe ze ooit gehoopt had dat ze een vriendinnetje zou krijgen dat in een van deze huizen woonde. Domme kinderdromen! Want nu zou ze zich hier aandienen als dienstmeisje, en ze mocht nog van geluk spreken als ze een betrekking kreeg!

Hoe moest ze het aanleggen? Ze kende hier niemand...

Jawel, toch! Ze stond stil voor het huis van de veearts; ze herkende de ronde poort, de bloemen en het balkon. De veearts was een vriendelijke man. Hij had nog wel eens naar de koe geïnformeerd waarvan het kalfje doodgeboren was. Zijn vrouw moest óók aardig zijn, dat kon niet anders.

Maar aan de andere kant: zomaar binnenstappen? Dat dééd je toch niet?

'Kan ik je helpen?'

Verschrikt keek Karima op. Ze bleek de weg te versperren voor een dame die naar binnen wilde.

'Nee, ik...' Karima ging haastig aan de kant. De dame ging de poort door, keek nog even over haar schouder en wilde de deur achter zich dichtdoen. Was zij de vrouw van de dierenarts? Ze had niet aangebeld.

'Mevrouw!' Karima's tong kleefde aan haar verhemelte. De vrouw keek om. Ze lachte een beetje.

'Toch wel? Kom je voor mijn man? Hij is uit.'

'Nee, ik...' Het was een opluchting dat er geen man in huis was. Maar anderzijds: híj was degene die ze kende.

De vrouw had zich nu helemaal omgedraaid.

'Erin of eruit, meisje. Ik vind het vervelend om de deur voor je neus dicht te doen, maar als je hier niets te zoeken hebt... Hoe heet je?'

'Karima Ramdani.'

'Zo. En je hebt thuis een zieke ezel of zo?'

'Nee, het is meer, mijn vader is dood en...'

'Dat spijt me voor je.' De blik van de vrouw was zachter geworden. 'Zulke dingen liggen nu eenmaal niet in onze handen. God doet in Zijn wijsheid soms dingen die wij niet kunnen begrijpen. Maar we moeten op Hem blijven vertrouwen. Dat is de steile weg, ik weet het, maar het is ook de rechte weg en je zult zien dat het je troost geeft.'

Karima haalde haar schouders op. Zoiets was makkelijk gezegd. Maar je kon er de huur niet van betalen.

'Eigenlijk... Wij hebben geen familie...' Moest ze dat nu allemaal hier op straat vertellen? Er kwamen mensen langs, vreemden weliswaar, maar het was zo vernederend om werk te moeten bedelen als mensen je konden horen. 'Niemand die ons kan ondersteunen. Ik zoek werk. Ik ben goed in het huishouden, mijn moeder is altijd ziekelijk geweest en ik heb van jongsaf het meeste werk gedaan...' Schichtig keek Karima om zich heen. Het was vreselijk om dat te moeten zeggen! Net of ze de ziekte van haar moeder gebruikte om aan geld te komen. Maar eigenlijk was dat precies wat ze deed. Gelukkig was er niemand in de buurt die het zou hebben kunnen horen.

De vrouw versperde nog steeds de toegang tot de binnenplaats, maar ze bleef haar vriendelijk aankijken. Karima hapte naar adem en ging door: 'Dus nu ben ik op zoek naar... iets dat ik zou kunnen doen... om mijn moeder te helpen.' Dat klonk tenminste niet alsof je bedelde. 'Maar ik ken niemand. Alleen uw man. En omdat hij aardig is, dacht ik dat u ook wel aardig zou zijn.' Ze bloosde van schaamte – dat had ze helemaal niet willen zeggen! Maar de vrouw schoot in de lach.

'Het spijt me, ik wil niet lachen om je tegenspoed. Kom maar binnen, dan kunnen we er rustig over praten.'

Karima likte met een droge tong langs haar droge lippen. Ze stapte de voortuin met zijn bloeiende bomen binnen. Ze verwachtte dat de vrouw haar in de openlucht te woord zou staan, maar ze werd binnengelaten in een mooie kamer, met banken waarop gebloemde kussens lagen. De echtgenote van de veearts riep iets naar de keuken, en even later kwam er een meisje dat thee bracht in een echte zilveren theepot. Karima werd helemaal verlegen van die behandeling. Ze leek wel een geëerde gast in plaats van een armoedzaaier die om werk kwam vragen!

Toen het meisje weg was en de vrouw van grote hoogte geurige thee had ingeschonken, net zoals haar eigen moeder deed, en nadat Karima een suikerklontje op de grond had laten vallen en weer had opgeraapt en bezig was de suikerkorreltjes van het fraaie tapijt te plukken met een natte vingertop, zei de vrouw: 'Doe geen moeite, we hebben een stofzuiger.'

'Ik ben eigenlijk niet onhandig...' stamelde Karima. Ze had nu natuurlijk alles bedorven!

'Moet je horen,' zei de vrouw. 'Eigenlijk hebben wij geen dienstmeisje nodig. Mijn dochter – dat was mijn dochter, die de thee bracht – helpt mij goed. Maar de dag dat zij gaat studeren is niet ver meer. Dus wellicht... kom, vertel nu eerst eens je verhaal.'

Karima merkte dat het makkelijk was om met deze vrouw te praten. Ze leek echt te luisteren, en ze lachte steeds, alsof de dingen die Karima zo onoverkomelijk leken helemaal niet belangrijk waren. Niet dat ze Karima uitlachte, haar glimlachjes leken eerder geruststellend.

'Dus je vader zorgde voor de huur en medicijnen, je moeder is ziek en kan niet werken. En je broer?'

Karima keek naar het kleed. Er lagen nog steeds suikerkorreltjes op.

'Mijn broer... Ik kan niet veel over hem vertellen. Hij heeft geen werk. Hij heeft geprobeerd te stelen, maar hij is gepakt. Ik weet niet wat hij gaat doen, hij zegt er niets over. Maar ik geloof dat hij wil proberen werk te zoeken. Hij is nu de man in huis, dat móét toch wat voor hem betekenen.' Ze keek de vrouw pleitend aan. 'Hij is mijn tweelingbroer. Vroeger kon ik voelen wat hij dacht, nu niet meer, maar ik weet zeker dat hij niet slecht geworden is of zo. Hij helpt mij altijd als het echt nodig is. Hij is trouw.'

'Je bent eerlijk!' zei de vrouw. 'Maar vertel eens, hoe moet het met je moeder als jij hier komt werken?'

'De buren zullen een oogje op haar moeten houden,' zei Karima. Kon het waar zijn dat ze echt een baantje kreeg?

De vrouw van de dierenarts knikte langzaam.

'We zullen je een echt loon moeten betalen... Ik denk niet dat ik je voor meer dan twee dagen kan aannemen. Alleen voor het schoonmaakwerk.'

'Ik zal hard werken!' riep Karima uit. 'Ik zal de boodschappen doen en ik kan ook goed koken. Het maakt niet uit wat ik ervoor krijg! Maar laat me bij u blijven!'

'Natuurlijk maakt dat wél uit. Jullie moeten de huur toch betalen? En dan de medicijnen voor je moeder nog... Natuurlijk moet je een goed loon hebben. Ik zal eens bij wat kennissen vragen. Met een beetje geluk vind je nog een ander werkhuis. Maar eerst moet ik met mijn man overleggen...' Ze schoot in de lach: 'Maar zoals je zei, hij is aardig, dus dat komt wel goed.'

Karima boog weer haar hoofd.

'Ik wilde niet brutaal zijn,' zei ze bedeesd.

'Je bent niet brutaal, je bent alleen maar eerlijk, en dat bevalt me juist zo goed,' lachte de vrouw. 'En als jij in je eentje je moeders huishouden hebt bestierd, zal het hier ook wel lukken.' Ze stak haar hand uit. 'Ik heet Nadia Salami. En ik zal mijn man smeken of ik een dienstmeisje mag – mijn buurvrouw heeft er ook één!' Weer lachte ze, alsof het leven voor haar één grote grap was. 'Wat zal mijn dochter trouwens blij met je zijn!'

Ze bracht Karima, die het bijna niet kon geloven, door de tuin naar de poort.

'Kom morgen maar even horen of het goed is,' zei ze. 'Als je moeder zo'n lange wandeling aankan, dan neem je haar maar mee, dan weet ik zeker dat het zakelijke deel van de overeenkomst wat haar betreft ook in orde is.'

Karima holde weg, maar toen ze omkeek, zag ze dat mevrouw Salami haar nog stond na te kijken. Ze rende terug.

'Moge God u ervoor belonen,' zei ze. 'Ik kan het voorlopig niet. U bent écht aardig!'

'En nu word jij écht brutaal!' zei Nadia Salami, maar ze zei het lachend.

De volgende morgen dachten Karima en haar moeder niet aan de afspraak met de vrouw van de veearts. Want Karim was 's nachts niet thuisgekomen, en 's ochtends herinnerde Khadizja zich dat ze het goud niet had opgeborgen in de la. Tegen beter weten in keek ze tussen de papieren, haalde alles ondersteboven, doorzocht de hele slaapkamer en daarna het hele huis. Haar lippen vormden een strakke streep, maar er liepen geen tranen over haar wangen. Karima zag de wanhopige zoektocht van haar moeder een tijdje aan, maar toen ging ze stiekem naar de kamer waar haar broer de laatste tijd geslapen had. Ze deed de kast open en zag wat ze eigenlijk al verwacht had: zijn kleren, tenminste zijn beste kleren en de andere die nog pasten, waren weg.

'Yema...' Ze pakte haar moeder vast. 'Hij is weg, yema. Zijn spullen zijn verdwenen. O, het spijt me zo! Het is mijn schuld! Ik heb je mee naar de stal genomen! En toen naar de keuken laten gaan. En ik heb helemaal niet meer aan de sieraden gedacht!'

'Natuurlijk is het jouw schuld niet,' zei haar moeder. Ze ging zonder een woord te zeggen verder met haar werk. Maar ze was stil, erg stil, en Karima hield haar in de gaten. Halverwege de ochtend zag ze haar moeders ogen wegdraaien; er kwam een zware toeval aan. Karima deed wat er gedaan moest worden, en waarschuwde toen Fatima's moeder, die haar hielp Khadizja naar het bed te dragen. Eigenlijk zonder erbij na te denken zocht Karima in de kleerkast naar de medicijnen die haar moeder dagelijks moest gebruiken. Maar ze vond alleen een leeg doosje. Wie weet hoe lang ze al op waren...

Nu was het Karima die huilde. Ze voelde zich helemaal alleen op de wereld. O, die broer van haar, die verwenste Karim! Waarom moest hij weglopen, juist nu alles een en al ellende was? En nog wel met het goud van zijn moeder! Hoe durfde hij, hoe kon hij...!

De woorden die ze de vorige dag nog over hem had gezegd, echoden in haar hoofd: *hij is niet slecht geworden, hij helpt mij altijd als het echt nodig is, hij is trouw...* Dat had ze zichzelf maar willen wijsmaken! Hij liet zijn moeder in de steek op het moment dat die er alleen voor stond. Hij liet twee vrouwen alleen achter zonder bron van inkomsten. En dan pikte hij ook nog zijn moeders goud mee, het enige wat tussen haar en de absolute armoede stond!

Ze kookte, ze brieste en ziedde een paar uur. Ze geselde de vloeren met haar bezem, ze sloeg de kikkererwten in de *harira* tot moes, en ze draaide de kleedjes die ze gewassen had bij het uitwringen de nek om. Daarna kalmeerde ze zichzelf met de gedachte dat het niet waar kón zijn. Zo slecht was Karim niet! Hij was iets van plan met dat goud, misschien had hij net als zijn moeder gedacht dat de tijd gekomen was om het te gebruiken. Het kon best dat hij ermee naar de huisbaas was gegaan, om hun onderdak voorlopig veilig te stellen. En dat hij zich later had geschaamd omdat hij het zonder toestemming had gepakt. Dat hij bang was gestraft te worden, en daarom buiten was gebleven...

En zijn kleren dan? Wie nam er een tas vol kleren mee om de huisbaas te gaan betalen? vroeg de boze, verdrietige stem in haar hoofd.

Maar misschien was hij eerst naar de huisbaas gegaan, en daarna vertrokken om ergens anders werk te zoeken. Had hij zijn moeder de pijn van het afscheid willen besparen... Ja, zo moest het gegaan zijn! Karim was een goede jongen, hij was haar bróér!

Intussen maakte ze plannen die ervan uitgingen dat hij toch voorgoed was vertrokken. De volgende dag was het markt, dan zou ze 's ochtends vroeg al met de koeien op pad gaan en proberen ze aan de man te brengen. Iemand moest haar helpen, anders zou ze worden afgezet. Veehandelaren waren soms gewetenloos, en dachten in ieder geval alleen maar aan hun winst. Oom Khalid zou er zijn, ze zou oom Khalid te hulp roepen, die had verstand van de prijzen van vee. Hoewel hij alleen schapen had... Nee, ze kon beter de veearts om hulp vragen, hém durfden de mensen niet te bedriegen.

De veearts! Nadia Salami!

Ze holde naar haar moeder, maar die lag niet meer op bed. Ze was nergens te vinden, zelfs niet op het dak. Hoe kon dat – er was geen geld om boodschappen te doen. De kruidenier had hun een week extra krediet gegeven, maar daarna was het afgelopen geweest. Was Khadizja dan bij de buren? Karima rende naar het huis van Fatima, en daarna ging ze alle andere buren af, maar haar moeder was weg. Ellendig van ongerustheid liep ze terug naar huis. Bij hun poort stond Fatima op haar te wachten.

'Karima... ik denk dat ik weet waar ze is...'

'Waar dan? Wat dan?' Karima hijgde, zo ongerust was ze.

'Stil maar... Ze stelde mijn moeder zo'n gekke vraag. Of we haar onze was wilden laten doen. Mijn moeder lachte haar in haar gezicht uit. "Denk je soms dat je bij rijke mensen bent?" vroeg ze. En toen zei mijn moeder dat Khadizja het bij rijke mensen moest proberen.'

Karima liet zich met een dreun tegen de poort vallen.

'Bedoel je dat mijn moeder werk zoekt als wasvrouw?' riep ze ontzet uit. 'Daar is ze toch helemaal niet sterk genoeg voor!'

Fatima haalde haar schouders op.

'Mijn moeder zegt dat je meer kunt dan je denkt, als je moet,' zei ze.

'Het moet niet, het hoeft niet! Want ik heb zelf een baan gevonden en...' Toen bedacht Karima dat ze voorlopig nog maar voor twee dagen werk had. En zelfs dat was nog niet zeker.

Ze durfde niet van huis weg te gaan voor haar moeder er was. Bovendien had mevrouw Salami uitdrukkelijk gevraagd of haar moeder meekwam. De middag ging voorbij en een deel van de avond. Karima deed wat ze anders deed, ze haalde de koeien en kookte een maaltijd van restjes. Pas toen het bijna donker was, kwam haar moeder thuis. Ze zag er vermoeid en ook moedeloos uit.

'Morgen ga ik weer,' zei ze. 'Twee mensen hebben me hun was beloofd. Maar dat is niet genoeg.' Ze zuchtte.

Karima zette het eten op het lage tafeltje. 'We redden het wel,' zei ze.

'Als God het wil,' zei haar moeder.

'We zijn maar met ons tweetjes. We hebben niet veel nodig. Je moet de moed niet opgeven, yema, dat heb je zelf gezegd.'

'Ik zei dat je het geloof niet moet opgeven,' zei haar moeder.

'Dat komt op hetzelfde neer,' zei Karima. Maar eigenlijk vond ze dat je aan moed meer had dan aan geloof.

Moesa's wetten

De volgende dag kwam er geen levensteken van Karim.

Karima molk de koeien voor de laatste keer en nam ze mee aan hun touw, wat nog moeilijk was omdat de dieren automatisch de vertrouwde route naar het veld wilden gaan. Op de markt was oom Khalid gelukkig al gearriveerd; Karima had afgezien van haar plannetje om de veearts om hulp te vragen. Je moest het geluk niet te veel uitdagen.

Khadizja ging met haar dochter mee naar Nadia Salami en haalde meteen twee wassen op in de dure buurt. Alles was bedisseld: Karima zou drie dagen in huis werken bij Nadia en twee dagen bij een vriendin van haar in dezelfde buurt. Het was heel lief van Nadia dat ze dat voor Karima geregeld had, maar Karima was er toch niet blij mee. Die andere vrouw was een tang, met een gezicht dat boos en ontevreden stond, ook als ze aardig deed. Ze had Karima bekeken met iets achterdochtigs in haar blik, waar ze een naar gevoel aan had overgehouden. Maar wat moest dat moest.

Ze liepen te zweten onder de zware buidels wasgoed, en Karima begreep dat ze haar moeder niet alleen naar huis kon laten gaan. En als ze de kans had, zou ze haar ook helpen met de was.

'Misschien is hij thuisgekomen,' zei Khadizja, en ze versnelde haar pas.

'Rustig aan, yema! Anders krijg je nog...' Karima maakte haar zin niet af. Haar moeder liep de weg naar huis als een ezel die de stal ruikt. Maar er was niemand, en ook niemand geweest. Karima had een patroon van steentjes achter de deur gelegd en dat lag er nog net zo. Khadizja ging weer weg om navraag te doen bij de buren. De vorige dag had ze dat uit schaamte nagelaten. Maar niemand wist waar Karim gebleven was.

'Ze hebben allemaal met me te doen,' zei Khadizja. 'Maar ik wil geen medelijden!'

Karima haalde haar schouders op. Zonder het medelijden van hun buren zouden ze helemaal nergens zijn. Ze begreep best dat haar nieuwe bazin haar uit barmhartigheid had aangenomen. En dat was goed. Ze zou elke cent die ze kreeg dubbel verdienen!

's Middags kwam de huisbaas. Hij vroeg niet direct om geld, maar hij wilde wel met Khadizja bespreken hoe het nu verder zou gaan met de huur.

'Als je het voortaan liever per maand betaalt...' zei hij vriendelijk. Maar onder die vriendelijkheid zat een dreigement, dat Karima en haar moeder best voelden: en als je de huur een maand schuldig blijft, is er zó een nieuwe huurder gevonden!

Aan het eind van de dag kwam Khalid terug – mét de twee koeien. 'Het spijt me, ik heb ze niet kunnen verkopen,' zei hij. 'Breng ze volgende week maar weer.' Hij keek bedenkelijk naar de oude beestjes. 'Er waren vandaag drie vaarzen aan de markt,' zei hij, 'en die zijn allemaal weg. Misschien hebben we volgende week meer geluk. Als er geen jonge koeien zijn om ze mee te vergelijken zien ze er prima uit.'

In haar hart was Karima blij. Ze vond het vreselijk dat haar trouwe vriendinnen verkocht moesten worden.

Haar moeder was stil en teruggetrokken. Ze was nooit een grote babbelaarster geweest, maar het verschil was toch opvallend. Ze ging veel naar de moskee. Maar er waren ook nog die bergen wasgoed, die allemaal vlekkeloos gewassen en goed gespoeld moesten worden, en daarna moest alles worden gestreken en opgevouwen.

'Morgen begin ik,' zei Khadizja.

De volgende dag stond Karima voor dag en dauw op, om het huis aan kant te hebben voor ze naar haar werk ging. Toen ze in de grijze ochtendkou de binnenplaats stond aan te vegen, bedacht ze dat ze een grotere waterketel nodig zouden hebben om al het waswater in op te warmen. Ze luisterde naar de geluiden van de koeien die onrustig werden omdat ze gemolken wilden worden, en probeerde zich voor te stellen dat die geluiden er volgende week niet meer zouden zijn. Ze voelde dat haar leven zoals ze het gekend had voorgoed voorbij was. Ze was vaak ontevreden geweest omdat ze niet naar school had gemogen. Nu pas voelde ze hoe goed en veilig haar leventje was geweest.

Nadia Salami ontving haar niet zelf. Ze lag nog in bed, zei haar dochter, die Karima binnenliet. Ze stelde zich voor als Samra. Het leek een aardig meisje, dat niet te veel uit de hoogte deed.

'Maar ze heeft een briefje voor je neergelegd in de keuken.'

Karima's hoofd schoot met een ruk omhoog.

'Ik kan niet lezen!' Ze zei het uitdagend. Dat kind moest het eens wagen om haar uit te lachen!

'O, dat spijt me. Ik zal je helpen. Maar eerst een kop thee. Jij ook?'

In de keuken, met de naar munt geurende stoom in haar neusgaten, raakte Karima langzamerhand op haar gemak. En de rest van de dag viel best mee. Poetsen en vegen was overal hetzelfde. Toen Samra haar met de bezem in de weer zag, lachte ze haar niet uit, maar legde haar geduldig uit hoe de stofzuiger werkte. Karima was opgetogen. Zoiets zouden ze thuis moeten hebben! Maar dan zouden ze natuurlijk ook van die mooie tegelvloeren moeten hebben, in plaats van kruimelig cement.

Tijdens het stofzuigen stelde ze zich voor dat het haar eigen huis was dat ze liep schoon te maken. Die tegelvloer met de mooie patronen had ze uitgezocht met haar man, die net zo knap was als Mustafa, maar aardiger. Straks zou ze samen met hem theedrinken uit het zilveren servies in de mooie kamer, en hij zou haar over zijn werk vertellen en vragen hoe haar dag was geweest. *Prima hoor*, zou ze zeggen, *het werk gaat zó snel met al die mooie apparaten die je me hebt gegeven.* En hij zou antwoorden: *Maar dat heeft mijn mooie lieve vrouwtje toch wel verdiend!* Die tapijten had ze natuurlijk gekregen toen ze met hem trouwde, het ene van haar rijke tante in de stad, en dat rood met blauwe van haar vader... Daar stokten haar gedachten. Een rijke tante had ze niet en een vader ook niet meer. Van dromen werd je alleen maar verdrietig.

Samra had zeker niets te doen, want die bleef in haar buurt rondhangen. Ze vertelde over de school in de stad en de studie die ze zou gaan doen; ze wilde ook veearts worden, zodat ze in de praktijk van haar vader kon helpen. Stel je voor, een meisje dat mannenwerk deed! Karima staarde haar vol bewondering aan, en ze dacht dat de veearts toch een heel ander iemand moest zijn dan Hadou, die bij de gedachte alleen al zou ontploffen – of nog erger: in lachen uitbarsten.

Karima vertelde over haar vader, die ze bijna nooit gezien had en haar zieke moeder. Over haar broer zei ze niets, ook niet toen Nadia haar ernaar vroeg. Ze mocht haar middageten in de keuken opeten, terwijl het gezin in de mooie eetkamer at, waar ook een tapijt lag, en gebloemde kussens, en een geborduurd kleed op tafel. Karima had de vele foto's in zilveren lijstjes afgestoft en verbaasde zich over alle plekken waar deze mensen waren geweest.

'Moet ik ook wassen?' vroeg ze 's middags aan Nadia, die ze 'lala', mevrouw noemde. 'Want u hebt me niet gezegd wat mijn werk eigenlijk is.'

'Je hebt gelijk, ik ben een slaapkop. Nee, je hoeft de was niet te doen. We hebben een machine.' Ze liet hem zien. Karima was vol bewondering.

'Maar de was, die doe ik liever zelf,' zei Nadia. Karima knikte begrijpend. Ze zou die machine niet eens aan durven raken. Stel je voor dat hij kapotging! Maar ze bleef wel in de buurt toen Nadia hem in werking zette en keek met een schuin oog toe. Het ding waste, spoelde en wrong. Wat een prachtige uitvinding! Wat zou zo'n machine haar moeder een werk besparen!

'Lala, ik weet dat u een briefje voor me geschreven hebt. Maar ik kan niet lezen.'

Nadia keek haar onderzoekend aan.

'Ben je vergeten wat je op school hebt geleerd?'

Karima schudde haar hoofd. Ze had de neiging beschaamd naar de grond te kijken, maar ze deed het niet. Ze hoefde zich toch nergens voor te schamen!

'Ik ben nooit naar school geweest. Het kon niet, om mijn moeder.'

'Helemaal niet? Kind toch!'

'Maar ik onthoud alles. Dus als lala me zegt wat ik doen moet, dan doe ik het. Maar wel liefst 's ochtends vroeg, voordat ik begin.' Ze hoopte dat ze het tactisch had uitgedrukt.

Nadia begon te lachen en zei: 'O, o, Karima, met jou zal ik op moeten passen! Je bedoelt dat ik echt een slaapkop ben, is het niet?' Ze grinnikte alsof ze het een geweldige mop vond. 'Wees maar niet bang, ik ben niet altijd zo lui. Maar ik weet het goed gemaakt. Ik vertel je nu voor eens en voor altijd wat je taken zijn. En je zorgt zelf dat ze gedaan worden, op de tijd die jij het beste vindt. Net zoals je dat thuis gewend bent. Ga je daarmee akkoord?'

'Natuurlijk...' stamelde Karima. Nadia was toch de baas!

Later zei Samra: 'Zo is ze. Ze doet het met mij ook zo. Het is luiheid hoor. Ze heeft liever dat ik het zelf uitzoek, dan dat ze me alles moet zeggen.'

'Zo praat je toch niet over je moeder!' fluisterde Karima verschrikt.

'Wat geeft dat nou?' zei Samra verwonderd.

Het huis was vol dingen die Karima nog nooit gezien had. Niet alleen koelkasten en vrieskisten en wasmachines en stofzuigers en een ding dat videorecorder heette, maar ook beeldjes en boekensteunen en schilderijen en bewerkte spiegels en vreemde schelpen en... Het mooiste was nog de studeerkamer van meneer Salami. Die stond vol boeken.

'Wat sta je nou naar die suffe studieboeken te staren,' zei Samra. 'Daar is niks aan, joh. Moet je de mijne zien! Ken je *Bonjour tristesse*?'

'Heb jij ook boeken dan?'

'Natuurlijk, een kast vol – je mag ze wel lenen als je... o nee.'

'Nee,' zei Karima spijtig.

'Ik was het vergeten,' zei Samra.

'Geeft niet.' Na een tijdje voegde Karima er bedeesd aan toe:

'Ik heb wel de letters geleerd. Maar niet de Franse.'

'Zal ik ze je leren?'

'Ja, graag!' Karima straalde.

'Goed, dan doen we het elke keer als je vroeg klaar bent met je werk. Afgesproken?'

Karima's passen waren licht als van een jong geitje toen ze die avond na de afwas naar huis liep. Leren lezen!

Maar er kwam niets van. Als Karima de hele dag hard had doorgewerkt, en 's middags Samra zocht, bleek die altijd weg te zijn. Voor een boodschap, of naar een vriendin. Eén keer zat ze verdiept in een boek en keek ze zó verstoord toen Karima binnenkwam, dat die maar weer gauw de deur dichtdeed. Samra deed het vast niet met opzet, maar Karima merkte dat ze de dingen veel minder zwaar opnam dan zijzelf. Dat leren lezen van Karima, dat stak niet op een dagje, vond Samra.

Karima verborg haar teleurstelling. Ze vond het toch prettig in het huis van de familie Salami. Veel prettiger dan bij haar andere mevrouw, die ouder was en geen kinderen meer thuis had. Daar was geen wasmachine, en Karima werd geacht het hele huis schoon te houden en de was erbij te doen. Dat was niet makkelijk in twee dagen. Als ze daarna thuiskwam, was ze uitgeput. Het liefst zou ze zonder te eten naar bed gaan, maar vaak vroeg haar moeder haar dan nog een was weg te brengen of een boodschap te doen, en hoe kon ze dat weigeren?

Op een avond was het hele huis donker. Angstig riep Karima haar moeder – was er iets gebeurd?

'Ik ben hier!' klonk het uit de slaapkamer. Aan haar moeders stem kon Karima al horen dat ze had gehuild.

'Wat is er? Is er bericht van Karim gekomen?' Ze drukte op het lichtknopje. Er gebeurde niets.

'We hebben geen stroom meer,' zei Khadizja bedrukt in het donker. 'We kunnen het niet betalen.'

Karima liep naar het bed en liet zich erop vallen.

'O. Maar als ik nou nóg een werkhuis neem...' Dat was onmogelijk. Ze moest tenslotte ook voor hun eigen huis zorgen. Die wassen – haar moeder had er nu vier – waren veel te zwaar voor één persoon. 'En als de koeien verkocht zijn...'

Want zover was het nog niet: de tweede donderdag was oom Khalid wéér teruggekomen met de koeien.

'Ik heb besloten ze van je te kopen,' zei hij. 'Het zijn goede koeien, ik weet dat ze veel melk geven. Zeineb kan ze melken, Omar heeft een stier, en ik kan de kalveren verkopen. Ik geef je er...'

Maar Khadizja had hem afgekapt.

'Dat kan ik niet accepteren, Khalid. Ik weet dat je het doet om me te helpen en ik waardeer je goedheid. Maar als niemand onze koeien wil hebben, dan hoef jij ze ook niet te nemen. Dan gaan ze naar de slager.'

'Nee!' had Karima geroepen. En omdat ze zo moe was, was ze in huilen uitgebarsten. Oom Khalid had haar moeder een teken gegeven en er was niet meer over geprat. Donderdag zou hij het nog één keer proberen op de markt.

Karima zweeg weer. De kans dat ze een goede prijs zouden krijgen voor hun twee oude koeien, was klein. En dan nog zouden ze de opbrengst in de eerste plaats moeten gebruiken voor de huur en medicijnen.

'We kunnen toch best zonder stroom, yema,' zei ze. 'Maar je moet niet in het donker zitten. Wacht, ik zal een kaars aansteken.'

In het flakkerende licht zag ze hoe vlekkerig het gezicht van haar moeder was. Gek, bij de dood van haar man had ze nauwelijks hoeven huilen. En om zoiets stoms als de elektriciteit stortte ze opeens in.

'Hadden we de televisie nog maar,' zei Karima. 'Weet je nog hoe gezellig het was als we samen televisie keken? We zouden hem hier kunnen zetten en lekker in bed kunnen kijken...' Karima zuchtte.

'Ach...'

'Dan had je tenminste afleiding.'

'Zonder stroom?'

'O ja...' Gek, zoals ze aan elektriciteit gewend was geraakt. Vroeger in Douar had ze het nooit gemist. Nu miste Karima vooral de televisie ontzettend. Ze zouden het geluid hard kunnen zetten, zodat ze niet zouden horen hoe de koeien loeiden van de honger, omdat er geen geld meer was om hooi te kopen. Als ze stroom hadden, als ze weer een televisie op de kop konden tikken, als, als... Alles kwam neer op geld! Karim had gelijk gehad.

'Ik ben de laatste dagen ook te moe om naar de moskee te gaan...' zei Khadizja. 'Ik zou zo graag wat troostende woorden willen horen.'

Karima sprong op, stak een tweede kaars aan en liep weg. Uit de schuilplaats in de andere slaapkamer, die Karim nooit ontdekt had toen hij daar sliep, haalde ze haar Koran. Ze ging naast haar moeder op het bed zitten.

'Ik zal je voorlezen.'

'Kun je dat dan?' riep Khadizja uit.

Karima haalde verlegen haar schouders op. Ze was zo vaak opnieuw begonnen, dat ze het begin uit haar hoofd kende. Haar moeder trouwens ook, want de eerste soera werd vaak aangehaald.

'In de naam van God, de erbarmer, de barmhartige. Lof zij God, de Heer van de wereldbewoners, de erbarmer, de barmhartige, de heerser op de oordeelsdag. U dienen wij en U vragen wij om hulp. Leid ons op de juiste weg, de weg van hen aan wie U genade hebt geschonken, op wie geen toorn rust en die niet dwalen.'

Haar moeder zuchtte, een lange, trillende zucht. Het hielp!

Karima ging door met de tweede soera, die 'De koe' heette maar over heel andere dingen ging. Naarmate ze verder kwam, ging het moeizamer, ze hakkelde, en moest lang turen tussen de woorden in, voor ze zag wat er bedoeld werd – want de geschreven taal was zo héél anders dan de gesproken taal! Maar ze herinnerde zich sommige stukken uit de moskee en andere mompelde haar moeder mee, zodat ze er samen toch uitkwamen.

Het werd een gewoonte. Elke avond lazen ze een stukje. En toen ze bij het gedeelte kwamen over de koe die Moesa offerde in opdracht van God, stroomden de tranen Karima over het gezicht. Ze begreep niet goed waarom die koe geofferd moest worden en de mensen in het verhaal begrepen het ook niet, want 'bijna hadden zij het niet gedaan'. Het was nog makkelijker te snappen waarom hun eigen koeien geslacht hadden moeten worden.

Want dat was gebeurd. Na weer een lange dag waarop de bezoekers van de markt hun koeien met misprijzende blikken voorbij waren gelopen, had Khalid de dieren naar de slager gebracht. Rond etenstijd was hij het geld komen brengen. Hij en haar moeder hadden gefluisterd, maar haar moeder had haar niet aangekeken toen ze zei: 'De koeien zijn verkocht...' en Karima had alles begrepen.

Ze slikte. Ze wilde er niet aan denken. Ze was voor één keer blij dat ze te arm waren om vlees te kopen.

'Wie was die Moesa eigenlijk?' vroeg ze.

'Een jood,' zei haar moeder, 'een goede man die Gods stem kon horen. Hij heeft de wetten van God naar de wereld gebracht, de wetten die voor alle mensen gelden, voor de joden, de christenen en voor ons.'

Karima probeerde niet te zeggen wat op het puntje van haar tong lag. Maar het mislukte, de woorden rolden gewoon uit haar mond: 'Die mensen in die parkeergarage, dat waren toch christenen?'

Haar moeder zoog haar adem naar binnen van schrik.

'Daar moet je niet aan denken, mijn kind!'

Ze kón er ook niet aan denken. Soms in haar dromen doken er afschrikwekkende beelden op, die ze zo snel mogelijk weer vergat. Haar vader, liggend op de betonnen vloer van een gebouw vol auto's... doodgeslagen door mensen die hij niet kende en die hij niets gedaan had...

'Maar dat waren toch christenen?'

Haar moeder dacht even na.

'Nee,' zei ze toen. 'Misschien denken ze van wel, maar mensen die te veel drinken en daarna gaan vechten, mensen die een goede man doodmaken, die...' Haar moeders stem stokte en ze moest slikken voor ze weer verder kon praten. 'Die nooit iemand kwaad heeft gedaan en altijd respect voor andere mensen had... zulke mensen leven niet naar Gods wetten. Die kun je niet anders dan afvalligen noemen. Die zijn alleen maar slecht.'

'En Karim...' zei Karima zachtjes. Haar broer leefde ook niet naar die wetten die Moesa naar de aarde had gebracht... Karima vroeg zich af hoe die jood dat gedaan had. Was hij zomaar eens eventjes in de hemel op bezoek gegaan? *Hallo God, hoe staat het ermee?* Zou hij een heel lange ladder hebben gehad? Of op een hoge berg geklommen zijn? Karima moest grinniken om de plaatjes in haar hoofd, maar ze maakte er gauw een kuchje van. Om zulke dingen mocht je niet lachen. En voor hen viel er trouwens ook bitter weinig te lachen. Die rot-Karim, die hen zomaar in de steek gelaten had!

'Karim is ook slecht hè,' zei ze. Ze zocht haar moeders gezicht af, in de hoop dat die haar tegen zou spreken.

'Karim vindt de weg wel terug,' zei haar moeder. Ze veegde haar ogen af en greep Karima's hand. 'Veroordeel je broer niet te erg. Hij is een goede jongen. Dat weet hij alleen zelf nog niet zo goed.'

'Echt waar?' vroeg Karima, als een klein kind. Ze wilde gerustgesteld worden.

'Karim lijkt op je vader,' zei Khadizja. 'Daarom hadden ze

soms onenigheid. Op Karim kun je rekenen. Dat zul je zien.'

Karima wilde het zo graag geloven. Maar het lelijke stemmetje in haar hoofd zei: *Dat gelooft yema zelf niet...*

Dapper las Karima verder over Moesa en het geloof in de enige ware God, omdat haar moeder er rustig van werd, en omdat ze niets anders hadden dan de troost die in dit boek lag opgeslagen. Elke avond zaten ze zo met de kaars op het grote bed en stumperden en stuntelden zich door de heilige woorden heen. En gaandeweg werd het ook voor Karima een rustgevend ritueel. De woorden verloren hun betekenis en veranderden in pure klank en ritme, waardoor haar geest zich in slaap liet sussen.

Maar overdag was dat zo makkelijk niet. De karweitjes die ze moest doen in de huizen van haar mevrouwen waren algauw routine geworden en ze hoefde er niet meer bij na te denken. Dan pijnigde Karima haar hersens over de vraag waarom sommige mensen slecht waren en andere niet. Karim was geen goede moslim, hij had gekozen voor een lui leventje, hij had van andere, hardwerkende mensen gestolen en zijn moeder en zusje aan hun lot overgelaten. Toch was hij een zoon van Hadou, die altijd zijn best had gedaan. De imam had gezegd dat haar vader in het hiernamaals beloond zou worden voor zijn goede daden, maar Karima kon zich daar niets bij voorstellen. Zou de grootste beloning niet geweest zijn als hij zijn vrouw gezond en gelukkig had gezien, als hij trots had kunnen zijn op zijn kinderen? Dat was waar Hadou altijd voor gewerkt had, daarom had hij hen verlaten om te leven tussen de ongelovigen (voor zichzelf noemde ze die christenen toch maar zo). Wat voor beloning kon zijn afschuwelijke dood goedmaken?

En zijzelf, was ze goed of slecht? Wat maakte iemand goed? Was lala Nadia goed, of Samra? Voor hen was het leven gemakkelijk, ze hadden alles wat ze maar konden verlangen. Het leek Karima niet zo moeilijk om goed te zijn als alles je voor de wind ging.

Ze vroeg er Samra naar.

'Jakkes Karima, doe me een lol! Dat zijn toch allemaal maar ouwemensendingen. Wie maakt zich daar nou druk om! Je bent jong hoor, geniet er liever van voordat je thuis opgesloten zit met een man en zeven kinderen!'

Karima gaf geen antwoord. Ze kon zich Samra niet voorstellen als moeder van zeven kinderen, zelfs niet van één. Samra mocht studeren, ze zou wat van de wereld zien en later zou ze gaan werken. 's Middags zat ze soms met een paar vriendinnen op haar kamer met thee en koekjes en dan keken ze naar een televisie die helemaal alleen voor haar was. Het woord genieten betekende voor Samra iets heel anders dan voor Karima. Voor Karima was het genieten om in de Ramadan boodschappen te kunnen doen zonder te beknibbelen, zonder steeds alles in haar hoofd bij elkaar op te tellen om te weten of ze wel genoeg geld had. Voor Karima betekende genieten 's avonds over een warme koeienrug hangen en zachtjes voor zich uit te zingen over de kleine gebeurtenissen van die dag. Twee soorten genieten die uit haar leven waren verdwenen – en er was niets voor in de plaats gekomen.

'Is mijn moeder er niet?'

Karima schrok geweldig. Ze was zo in gedachten verzonken geweest, en de stofzuiger maakte zo'n lawaai, dat ze niet had gemerkt dat er iemand was binnengekomen. Nu stond ze oog in oog met een vreemde jongeman. Ze wist dat Samra ook een broer had, maar ze had hem nooit eerder gezien. Hij studeerde in Frankrijk, een vak met een moeilijke naam die Karima niets zei. Hij leek een jaar of twintig, hij was nonchalant gekleed, maar je kon zien dat zijn kleren veel geld gekost hadden. Hij had zich omgedraaid en rommelde in de laatjes van de grote buffetkast. Na een tijdje voelde hij dat Karima nog steeds naar hem stond te staren.

'Is er wat?'

Karima sloeg haar ogen neer en schudde haastig haar hoofd. Die jongen was hier thuis, hij voelde kennelijk niet de behoefte om zich voor te stellen aan een dienstmeisje en wat zij deed was onbeleefd. Ze pakte de stofzuiger, die uit haar handen was gegleden en nu doelloos lag te loeien, weer op en ging verder met haar werk.

De zoon des huizes vloekte.

'Weet jij waar mijn moeder tegenwoordig haar geld bewaart? De taxi staat te wachten.'

Karima schudde haar hoofd zonder op te kijken. Ze wist het wél: om leveranciers te betalen deed lala Nadia altijd een greep in het meest linkse laatje onderaan, waar ze ook de ansichtkaarten van haar zoon bewaarde. Maar dat moest Nadia hem zelf maar vertellen.

'Zet die stofzuiger eens uit en luister even.' Het leek een bevel, en Karima had geen zin om te gehoorzamen. Maar ze nam aan dat lala Nadia dat wel van haar zou verwachten. Ze trapte op de knop en draaide zich om.

'Misschien weet je niet wie ik ben. Ik ben Ayyoub, Hoesseins oudste zoon. Ik moet die taxi betalen en een paar inkopen doen. Mijn moeder zou me dat geld zó geven. Hoe heet je?'

'Karima,' zei Karima.

'Luister, Karima, geef antwoord. Waar bewaart mijn moeder het huishoudgeld? Of weet je het niet? Vertrouwt ze je niet?' Hij keek haar uitdagend aan. Karima's stekels gingen meteen overeind staan. Dacht hij soms dat ze zo dom was dat ze daarin zou trappen?

'Ik weet het wél, en lala Nadia weet dat ze me kan vertrouwen. Maar ik zie geen reden om het te vertellen aan de eerste de beste die hier het huis komt binnenwandelen.' Met opgeheven kin keek ze hem recht aan. Nadia was op visite en ze kon ieder moment thuiskomen. Dit arrogante ventje kon best even wachten.

Er flitste iets in zijn ogen en Karima dacht dat hij boos was. Hij draaide zich om en begon nog meer laatjes open te trekken en overhoop te halen. Karima keek toe. Tot haar verrassing hoorde ze hem grinniken.

'Echt iets voor mijn moeder,' zei hij onverwacht, 'om zo'n kruidje-roer-me-niet in dienst te nemen!' Hij was links onderaan gekomen, bij het laatje dat op slot zat. Toen hij het niet openkreeg, stak hij er zonder aarzelen de schroevendraaier van zijn zakmes in. Een minuut later was het slot ontzet en het laatje open. Ayyoub graaide een fikse stapel bankbiljetten eruit. Hij wierp haar een triomfantelijke blik toe en wilde de kamer verlaten, maar Karima greep hem bij de arm.

'Niks ervan,' zei ze. 'Je legt eerst een briefje in dat laatje waarop precies staat hoeveel je hebt weggenomen. Straks denkt je moeder nog dat ik het heb gedaan!'

'Ik dacht dat ze je vertrouwde!' Lachend liep hij naar buiten.

Karima was ziedend. Maar wat kon ze doen? Ayyoub liet zich niet meer zien. Toen even later haar mevrouw thuiskwam, zorgde Karima dat ze in de buurt bleef. Ze lette scherp op Nadia's reactie toen die het kapotte slot zag en ontdekte dat er geld was verdwenen. Ze maakte zich al op om zich tegen een beschuldiging te verweren.

Maar Nadia reageerde heel anders dan Karima had verwacht.

'Ik zie dat Ayyoub is thuisgekomen,' zei ze alleen. 'Hij leert het ook nooit. Mijn arme kast.'

Terwijl Karima die middag naar huis liep, haastig omdat haar moeder een grote was had en er ook nog gekookt moest worden, overdacht ze wat er was gebeurd. Eigenlijk had Ayyoub ook van zijn moeder gestolen, net als Karim. Maar voor mensen die geld genoeg hadden, was dat kennelijk niet erg. Stelen was verboden. Of golden Moesa's wetten alleen voor arme mensen?

Ayyoub

Er waren lichtpuntjes. Hoessein Salami gaf haar een keer een stuk vlees, in aluminiumfolie verpakt. Hij had een jong geitje gekregen van een dankbare klant en het laten slachten, maar het vlees was veel te veel voor zijn kleine gezin, zei hij. Karima gluurde stiekem in de vriezer en zag dat haar deel van het geitje er nog best bij had gepast, maar ze zei niets en aanvaardde het geschenk dankbaar. Haar moeder en zij konden drie dagen eten van de stoofpot die ze ervan maakten.

Samra gaf haar een eenvoudig leesboekje in het Frans, met veel plaatjes erbij. Ze beloofde opnieuw Karima de letters te leren en dat vergat ze weer, maar met wat Karima nog van Karims lessen wist en door goed naar de plaatjes te kijken, snapte ze er toch steeds meer van. Wonderlijk, hoe woorden betekenis kregen als je ze maar vaak genoeg zag!

Oom Khalid was naar de apotheek gegaan en had een voorraad medicijnen voor Khadizja aangeschaft, genoeg voor een halfjaar.

Het werd Ramadan, een gezellige tijd, al viel het niet mee om de hele dag op een lege maag te lopen rennen; bovendien waren Hoessein Salami en natuurlijk vooral mevrouw Tang niet te genieten. Aan het einde werden ze op het Suikerfeest uitgenodigd bij buren en vrienden zodat ze de eenzaamheid niet voelden. Karima proefde lekkernijen waarvan ze de smaak al was vergeten. Ze liet het honinggebak smelten op haar tong en probeerde er niet aan te denken dat haar broer er niet bij was.

En nog mooier: van Samra kreeg ze een paar kaftans die haar te klein waren geworden en één jurk van moderne Europese snit. Samra noemde hem 'uit de mode, als je dat niet erg vindt', maar dat was een soort opschepperij en Karima vergaf het haar. Ze stond er 's avonds mee voor de spiegel te draaien als haar moeder het niet zag, en fantaseerde dat ze een meisje uit een stripverhaal was. Op straat durfde ze zich er niet mee te vertonen.

Met Ayyoub, de studerende zoon van Hoessein en Nadia, had ze tijdens de Ramadan af en toe een praatje gemaakt. Hij viel best mee; Karima had gemerkt dat hij het grappig vond als ze hem tegensprak, en daar maakte ze dus een sport van. Ze vond hem verwaand en arrogant en verwend en gemakzuchtig... en erg aantrekkelijk. Dat laatste liet ze hem nooit merken, en de rest zei ze hem in zijn gezicht. Dan moest hij hartelijk lachen en gaf haar gelijk.

Haar moeder had de kamer die afwisselend van Karim en Karima was geweest, weer voor haar in orde gemaakt. Dat was een dag dat Khadizja's mond weer een strakke streep was geweest.

'Ik denk niet dat we hem voorlopig terugzien, en het heeft geen zin die kamer niet te gebruiken,' had ze gezegd. Karima vond de fluwelen 'Franse jurk', zoals ze hem noemde, netjes op een kleerhanger aan de stang.

Hoe ze het had bekostigd, begreep Karima niet, maar haar moeder had de stal van de koeien veranderd in een hoenderhok, en er een stel nieuwe kippen en een haan in ondergebracht, zodat ze nu elke dag een ei konden eten en niet zo erg merkten dat vlees meestal op hun menu ontbrak.

En dan waren er dingen die Karima ook maar als lichtpuntjes zag, omdat ze dat zo wilde.

Maryam en Mustafa trouwden. Het was een groot feest met muziek en veel gasten, dat drie dagen duurde, en Karima's voeten deden nog een week daarna pijn van het dansen. Maryam vertrok met haar man naar Frankrijk en Fatima hield op met zwijmelen over haar zus en haar geweldige aanstaande. Omdat ze nu tijd over had, kwam ze Karima vaker opzoeken, en als ze Khadizja en Karima aan de was trof, hielp ze vanzelf mee, en zo hielden ze dan nog wat tijd over om een ommetje te maken.

Het roddelen over Karim hield op toen er niets meer van hem vernomen werd. Het leek of de mensen hem vergeten waren, en hoewel Karima elke dag aan hem dacht, miste ze hem minder erg nu er geen kwaad meer over hem gesproken werd.

Mevrouw Tang, die Karima te vrijpostig vond en haar met argusogen in de gaten hield als haar man in de buurt was, stond op het punt haar te ontslaan. Karima ving dat op toen mevrouw zat te telefoneren, en ze kon de hele nacht niet slapen omdat ze bang was het aan haar moeder te zeggen. Ze zou zich alleen al schamen om te vertellen over de begerige blikken die de heer des huizes soms over haar lichaam liet gaan... En hoe zou haar moeder het vinden dat hun inkomen nóg schraler zou worden? Karima zweeg en vreesde het ergste.

Maar de volgende dag gleed mevrouw Tang uit in een rotte dadel en brak haar heup. Karima moest dubbel zo hard werken en ze kon niets goed doen in de ogen van haar bedlegerige bazin – maar ze was nu onmisbaar en kon haar baantje houden.

Vier wassen per week (plus die van henzelf) bleek te veel voor haar moeder, dus nu waren er nog maar drie en konden ze het iets rustiger aan doen. Vanzelfsprekend was er daardoor nog minder geld, maar dat had ook zijn voordelen. Karima merkte dat ze net zo slank werd als de filmsterren die ze vroeger zo bewonderd had. Haar moeder noemde het 'griezelig mager', maar dan zei Karima luchtig dat mager mode was.

Omdat de stroom niet weer aangesloten werd, konden ze geen kleren strijken. Khadizja legde de kleren en lakens onder de matrassen, zodat ze vanzelf plat en glad werden terwijl ze lagen te slapen. Lekker makkelijk.

En op een ochtend schrok Karima wakker uit een droom over Karim en bedacht dat het bijna een week geleden was dat ze aan haar broer had gedacht. Er was een heel jaar voorbijgegaan sinds Karims vertrek. De dood van haar vader en het verraad van haar broer waren oude wonden geworden, die niet meer zo schrijnden als in het begin. Het was meer een soort jeuk geworden, een vervelend gevoel waar je niet omheen kon, maar toch minder pijnlijk dan eerst. Ze was gewend geraakt aan het nieuwe leven, dat strak en geregeld was, ook al was het zwaar. Ze had zich erbij neergelegd dat het altijd zo zou blijven.

Op een avond dat het te warm was om te slapen en ze met Fatima bij de droge rivierbedding stond, vroeg haar vriendin opeens: 'Zou hij nog ooit terugkomen, denk je?'

Karima hoefde niet te vragen wie ze bedoelde. Toen Karim er pas vandoor was, had Fatima rondgelopen met een blij en geheimzinnig gezicht. Want ze was ervan overtuigd dat Karim was weggelopen om aan een huwelijk met Tarcha te ontkomen. Fatima hoefde alleen maar te wachten op de dag dat hij zou terugkeren, rijk natuurlijk, en haar hand zou vragen. In het begin had ze daar ook nog wel over gepraat, maar dat was allengs minder geworden. De herinnering aan Karim sleet, had Karima begrepen. Ze kon het haar vriendin nauwelijks kwalijk nemen. Pas nu besefte ze dat Fatima Karim helemaal niet vergeten was; ze had zich alleen niet belachelijk willen maken.

'Ik denk niet dat hij zijn gezicht hier nog laat zien,' zei Karima. 'Hij schaamt zich te veel. Hij...' Abrupt hield ze op. Ze had nooit aan iemand verteld dat Karim er met het goud van hun moeder vandoor was gegaan.

'Maar als hij nou ergens heen is gegaan om... ik weet niet... geld te verdienen?'

Karima haalde haar schouders op. 'Dan koopt hij daar een fiets voor, denk ik, of een horloge. Of hij spaart voor later, voor een Mercedes.' Het deed pijn om dat te zeggen. Maar over Karim maakte ze zich geen illusies meer. Er was nog geen enkel bericht van hem gekomen. En als je alles wat hij had uitgespookt op een rijtje zette... nou, dan was ervandoor gaan met het goud van zijn moeder een logisch vervolg.

Fatima ging niet in op wat ze had gezegd.

'Denk je dat hij nog wel eens aan mij denkt?' vroeg ze.

Karima keek opzij. Fatima staarde dromerig over de bedding naar de olijfboomgaard daarachter.

'Nee,' zei ze hard. 'Hij denkt niet aan zijn moeder en zus, waarom zou hij aan jou denken?' Ze wist dat ze Fatima pijn deed, maar het was beter zo. Voor Fatima zou ook een man gezocht worden. Dat kon maar beter een goede man zijn. Ze gunde haar vriendin een beter leven.

Opeens merkte ze dat Fatima haar van opzij aankeek. 'Je bent veranderd,' zei ze. 'Je bent hard geworden.'

'Het léven is hard,' zei Karima. Maar daarna begon ze te lachen. Soms kon je alleen daar tussen kiezen, tussen lachen of huilen. En dan koos ze maar liever voor lachen.

'Doe niet zo ernstig, zeg! Ik pees me de hele week rot, als ik met jou ben moet het gezellig zijn, hoor! Vertel eens over Maryam, hoe bevalt het haar als Franse madame?'

Fatima liet zich verleiden. Even later babbelden ze zoals altijd. Op het onderwerp Karim kwamen ze niet terug.

Tot ze een week later samen de was ophingen op het dak van Karima's huis. Fatima liet een armvol handdoeken zakken, haalde wasknijpers uit haar mond en zei met lage stem: 'Nu weet ik het zeker. Ik dacht het al een tijdje, maar gisteravond heb ik ze afgeluisterd en...'

'Waar heb je het over?' vroeg Karima verbaasd.

'Je mag het aan niemand vertellen,' zei Fatima, 'ik mag het zelf niet eens weten. Maar ik geloof dat mijn ouders een jongen voor me op het oog hebben.'

'Nu al?!' riep Karima uit.

'Het is niet voor meteen, voor over een paar jaar. Ik hoorde mijn moeder en mijn tante erover praten. Het is een neef van mijn tante, van de kant van haar man.'

'Ook uit Frankrijk?'

Fatima zuchtte.

'Nee. Hij zit op school in Medina.'

'O, Fatima! En wil je dat?'

'Nee. Ik ken hem niet. Maar als Karim nooit meer terugkomt... als jij dat zeker weet...'

'En al kwam hij terug – Karim is geen geschikte man voor je.' Karima schrok van haar eigen woorden. Het klonk zo hard, zo harteloos, als verraad. Maar Fatima was haar vriendin en hoe leuk het ook zou zijn om haar als schoonzusje te hebben, Karima gunde haar toch wat beters. Ze maakte het met opzet nog erger: 'Je kunt niet op hem rekenen. Zet hem uit je hoofd.'

Fatima zuchtte droevig. 'Ja... hij is al zo lang weg... Ik weet niet wat ik verwacht had, maar... jullie horen ook niks van hem, hè? En ik moet toch met íémand trouwen!'

Karima knikte. Maar... je trouwt niet met de eerste de beste hoor! Als die neef niet goed voor je is, dan kom ik hem persoonlijk een lesje leren,' zei Karima. Dat vond Fatima vreselijk grappig.

'Ik meen het!' riep Karima, en toen moest ze er zelf ook om lachen. Alsof een man, die nog gestudeerd had ook, zich ook maar iets zou laten zeggen door een ongeletterd meisje als zij! Ze heetten niet allemaal Ayyoub!

'En ik feliciteer je pas als ik hem gekeurd heb!' zei ze.

's Avonds dacht ze erover na. Nu zou Fatima ook uit haar leven verdwijnen... Wat zou het leven er anders hebben uitgezien als Karim niet was weggelopen maar bij baas Hmidou was blijven werken tot hij genoeg gespaard had om met Fatima te trouwen. Dan was haar beste vriendin haar schoonzusje geworden en zouden ze voor altijd met z'n drieën bij elkaar hebben kunnen blijven...

Want Karima zag best in de spiegel dat er weinig over was van het mooie meisje dat haar vroeger had aangekeken. Haar moeder had gelijk: ze was te mager, haar huid had de kleur van kikkererwten en haar lippen zagen zo bleek als aardbeienlimonade waar te weinig siroop in zat. Er zou geen man zo gek zijn om met haar te trouwen, ook al had ze nu zoetjesaan de leeftijd dat ze uitgehuwelijkt kon worden. En het was maar goed ook dat er niemand om haar zou komen, want dan zou haar moeder erop ingaan, terwijl Karima heel goed wist dat Khadizja niet zonder haar kon. En een jong echtpaar bij wie de schoonmoeder inwoonde, daar rustte geen zegen op, dat hoorde je in alle verhalen. Khadizja was zacht en lief, geen bazige tang, en een goede man zou haar met liefde opnemen, maar Karima wist dat haar moeder dat zou weigeren. En voor geen prijs liet ze haar moeder in de steek. Trouwen zat er voor Karima gewoon niet in.

Soms dacht ze aan Zeineb. Wat zou het heerlijk zijn om nog eens met haar oude vriendin te praten over de kleine voorvallen in Douar. Onbezorgd, zoals vroeger, met niets anders aan hun hoofd dan hun eigen geklets. Het was al tijden geleden dat ze een woord hadden gewisseld. Toen Karima laatst op een marktdag Zeineb tegen het lijf was gelopen, hadden ze alleen maar flauwtjes naar elkaar geglimlacht... Ooit was Zeineb haar zo vertrouwd geweest als een zusje. Maar al het vertrouwde was verdwenen.

Daarom zocht ze elke avond op de rand van haar moeders bed bij het licht van de kaars troost bij de Koran, die ze steeds beter leerde lezen. 'Degenen die geloven, die elkaar aanmanen om vol te houden, en die elkaar tot barmhartigheid aanmanen, dat zijn zij die aan de rechterkant staan.' Dat waren de mensen die de goede weg hadden genomen, de steile weg. De weg die Karima moest gaan, helemaal alleen.

Ze kon haar oude dromen niet helemáál vergeten. Soms, als haar moeder van pure uitputting vroeg in slaap was gevallen, negeerde Karima de Koran en bladerde het stripverhaal door waarvan ze nu elk woord uit haar hoofd kende. Dan droomde ze over een ander bestaan.

Soms bouwde ze voor zichzelf in haar fantasie een leven zoals Samra dat leidde. Dan was Samra haar vriendin, en gingen ze samen naar Medina om te studeren. Samra leerde voor veearts en Karima studeerde literatuur. Ze gingen samen naar feestjes en maakten kennis met allerlei andere studenten, jongens en meisjes. Karima kon natuurlijk vlot Arabisch lezen en schrijven, en ook Frans, want ze bleek bijzonder veel aanleg voor talen te hebben. En in de zomer maakten ze een studiereis naar Frankrijk, en dan kon ze met eigen ogen de Eiffeltoren zien...

Die Eiffeltoren kende ze uit de tijdschriften van Samra. Ayyoub had haar uitgelachen toen ze had gezegd dat ze zo graag eens naar boven zou willen klimmen om uit te kijken over Parijs.

'Niks bijzonders hoor, gewoon een lelijk stalen gevaarte. En dat uitzicht heb je na één keer wel gezien.'

Karima had hem aangekeken.

'Je schept op,' had ze nadenkend gezegd. 'En het is een heel gemene manier om op te scheppen ook. Want je weet best dat ik nooit zelfs maar die ene keer boven op de Eiffeltoren zal staan. De mensen die ík ken zijn aardig.' Ze had een zware nadruk gelegd op het woordje ik. Want ze bedoelde: arme mensen. 'Jij hebt alles, je mag alles, je kunt doen wat je wilt – waarom doe je dan niet een beetje vriendelijker? Ik ben maar het dienstmeisje en deze kaftan is een afdankertje van je zus, maar ik ben wel een mens, hoor.'

Tot haar verrassing had Ayyoub een kleur gekregen. Gauw had hij zijn gezicht afgewend.

'Stom, hè,' had hij gemompeld, 'tegen jou klets ik soms zonder na te denken.' Dat klonk op een vreemde manier als een compliment.

Sindsdien dook Ayyoub ook op in Karima's dromen. Dan woonde ze in Parijs en studeerde dáár literatuur, en de zoon van haar mevrouw (maar dat was Nadia dan natuurlijk niet meer) nam haar mee naar restaurantjes en toneelvoorstellingen. Na afloop discussieerden ze dan met vrienden over wat ze gezien hadden en iedereen luisterde geïnteresseerd naar wat Karima ervan vond...

Soms, als ze heel lang wakker lag, stelde ze zich voor dat

Ayyoub klaar was met zijn raadselachtige studie en in de vakantie plotseling bij hen in Souk el Khamiss aankwam. Karima zou dan bijvoorbeeld net naar de markt zijn, als ze thuiskwam zou haar moeder op een holletje naar haar toe komen en haar omhelzen, omdat Ayyoub haar hand had gevraagd. En Karima zou toestemmen, blij dat ze niet meer met Tarcha in één huis zou hoeven wonen...

Maar denken aan Tarcha betekende denken aan Karim, en dat wilde ze niet.

Aan het einde van een marktdag kwam Tarcha's vader opdagen, Bachir uit Douar. Hij stond zomaar opeens op de binnenplaats, met een boos gezicht, en weigerde de thee die Karima hem aanbood. Op hoge toon begon hij tegen Khadizja te praten over verplichtingen, over eer, over andere aanbiedingen... Hij had natuurlijk gehoord dat Karim de benen had genomen, maar hij dacht blijkbaar dat Khadizja geregeld van hem hoorde.

'Ik eis dat er nu een datum wordt vastgesteld,' zei Bachir. 'Naima wordt er niet jonger op en ze wacht al zo lang... En al die tijd heeft ze niets van haar verloofde gehoord!'

'Wij horen zelf ook niets van hem,' zei Khadizja sussend, maar dat had een averechts effect.

'En ik word verondersteld mijn dochter weg te geven aan zo'n ontaarde zoon!' brieste Bachir.

Khadizja legde haar hand op zijn mouw.

'Als je liever onze overeenkomst wilt ontbinden...' opperde ze. Maar dat bleek ook weer niet de bedoeling.

'Karim heeft het recht niet om zijn woord te breken! Waar is hij? Dan zal ik zelf wel een hartig woordje met hem spreken!' Khadizja had een halfuur nodig om hem ervan te overtuigen dat Karims familie werkelijk geen idee had waar hij uithing.

Maar toen veranderde Bachir van tactiek. Ongelooflijk, dacht Karima, hoe vasthoudend zo'n keuterboer uit de bergen kon zijn. Een schadeloosstelling wilde hij hebben. Hij had andere kandidaten afgewezen, betere partijen dan Karim Ramdani, omdat hij nu eenmaal een man van zijn woord was. Maar nu Karim zich ontpopt had tot een eerloze wegloper wiens woord niets waard was, had Bachir natuurlijk recht op een vergoeding voor de geleden schade...

Khadizja keek haar dochter hulpeloos aan. Karima begreep het: ze moest als de wiedeweerga naar de markt om oom Khalid te halen. Die zou vast wel kunnen bemiddelen. Ze mompelde een excuus en rende de poort uit.

Oom Khalid was niet op de markt. Karima zocht in de theehuizen, maar ze durfde niet naar binnen te gaan. Ineens klonk er een luid gepiep naast haar. Een fiets was zo snel gestopt dat er zwarte strepen op het asfalt stonden. Ayyoub stapte eraf. Hij zag er spetterend uit in een donkerrode trainingsbroek met helderwitte strepen, een strak wit T-shirt en stralend witte sportschoenen.

'Karima! Jou zocht ik! Mijn moeder vraagt of je morgen ook bij ons wilt komen werken, want we krijgen onverwacht gasten. Ze heeft het al in orde gemaakt met je andere mevrouw. Maar je moet wel vroeg komen, zegt ze, want... Wat is er?'

Karima keek naar de grond. Als hij dacht dat ze de schande van de Ramdani's aan zijn neus zou hangen, vergiste hij zich wel héél erg.

'Niets, ik zoek iemand. Khalid Sharif, ken je hem?'

'Kan het zijn dat ik hem zojuist voorbij ons huis heb zien komen? Dat is toch die boer uit Douar?'

'O,' zei Karima moedeloos. Ze zou oom Khalid nooit in kunnen halen. En intussen zat die Bachir maar op haar moeder te schelden. Straks kreeg ze nog een toeval!

'Kan ik helpen?' vroeg Ayyoub. Hij leek het echt te menen. Karima keek hem schattend aan. Kon ze hem vertrouwen? Zijn vader en moeder en zijn zusje waren aardig. Maar Ayyoub ging zo zorgeloos door het leven. Hij kon zich de moeilijkheden van een arme familie waarschijnlijk niet eens voorstellen. Hij zou niet begrijpen dat een schadeloosstelling voor Bachir wel eens de dood van haar moeder zou kunnen betekenen. Want hoeveel wassen kon een zieke vrouw aan in een week?

'Nee, dank je,' zei ze. 'Aardig van je, maar ik heb echt oom Khalid nodig.'

Hij sprong alweer op zijn fiets.

'Morgenochtend zes uur!' riep hij nog achterom. Karima knikte tegen zijn rug. Ze zou er zijn. Ze kon zich niet permitteren haar baantje te verliezen.

Gelukkig was Bachir vertrokken toen ze thuiskwam. Karima zag aan het gezicht van haar moeder dat hij zijn eis niet had ingetrokken, maar ze begonnen er geen van beiden over. Wat had het voor zin te praten over iets dat je toch niet kon veranderen?

Afzender K. Ramdani

De weken waren allemaal hetzelfde en de maanden gleden voorbij. Moeder Khadizja werkte, en wachtte. Op de aanzegging van de huisbaas dat ze nu echt moesten betalen of anders ophoepelen. Op bericht van Bachir, die nog steeds niet had bepaald hoeveel schadevergoeding hij van hen zou eisen. En op iets waar ze nooit over sprak...

Karima werkte ook, wachtte ook. Op bericht van Karim, waar ze niet eens echt op hoopte. Op nieuws van Ayyoub, wat haar mondjesmaat bereikte via Samra. Maar natuurlijk was er nooit een persoonlijke boodschap voor het dienstmeisje bij.

Vlak voordat hij naar Frankrijk vertrok, had Karima hem eens met een paar vrienden aangetroffen op de binnenplaats. Studenten, net als hij, uit Medina gekomen met auto's. Er waren ook meisjes bij, in Europese kleren en zonder hoofddoek. Ze waren in een heftig gesprek gewikkeld over iets dat Karima gemakshalve maar 'politiek' noemde. Ze moest het vuilnis buitenzetten en talmde bij de poort, om te luisteren hoe die studenten praatten.

Een van de meisjes voerde het woord, met een rustige, lage stem. Ze gebruikte moeilijke woorden, die Karima nooit eerder gehoord had. Alle anderen, ook de mannen, luisterden naar haar, en toen ze uitgesproken was, gaf een van hen haar gelijk.

'Ze kan het zo mooi vertellen, onze Nazique,' zei Ayyoub – in zijn stem lag een glimlach en Karima keek om. Ze zag nog net hoe hij een snelle aai gaf over de rug van Naziques hand.

Karima was geschokt. Nazique was een meisje. Een joods meisje nog wel. Ze legde die mannen zomaar het zwijgen op. En liet zich liefkozen in het openbaar, door iemand die niet eens haar verloofde was. Dat dééd je toch niet!

Even later, toen ze op weg was naar huis, besefte ze dat ze

jaloers was. Die Nazique wist dingen en kon erover meepraten. Ze hoefde niet alles klakkeloos te geloven wat haar werd verteld, ze kon zelf nadenken... kiezen! Als je kon kiezen tussen verschillende manieren van leven, was je vrij.

Haar vader Hadou had 'vrij' gebruikt als een lelijk woord, als iets vies, zodra het over meisjes of vrouwen ging. Maar mannen móésten juist vrij zijn, en dan scheen het iets anders te betekenen, iets om trots op te zijn. Het studeren had Nazique vrij gemaakt; zij was een soort jongen geworden...

Toen zag Karima weer voor zich hoe Ayyoub Naziques hand gestreeld had, hoe Nazique had gebloosd en snel haar wimpers naar hem opgeslagen, en ze kreeg een steek. Niks jongen, Nazique was jammer genoeg een echte vrouw. Het soort vrouw waarmee Ayyoub kon praten, waarom hij moest lachen, waarmee hij zou trouwen.

Ze moest hem uit haar hoofd zetten. Maar dat lukte haar niet. Terwijl de eentonige dagen van stoffen en stofzuigen, van dweilen en wassen voorbijgingen, betrapte Karima zich er toch telkens op dat ze Samra opzocht als er een brief van Ayyoub was gekomen.

Op een middag vroeg ze aan Samra hoe zij over de liefde dacht.

'Nah, voor mij hoeft het niet zo,' zei Samra. 'Ik trouw net zo lief niet... Dat hoeft toch ook niet, als ik de praktijk van mijn vader overneem? Later... Dan kan ik voor mezelf zorgen, en ik hoef niet de een of andere stinkend luie man te gehoorzamen die half zoveel verstand heeft als ik.'

'Er zijn toch ook goede mannen,' zei Karima, opnieuw geschokt. Ze dacht aan haar vader.

'Kan best,' zei Samra onverschillig. 'En mijn ouders zullen wel een goede voor me uitzoeken als het zover is. Maar als ik mocht kiezen, trouwde ik net zo lief niet.'

'Maar dan krijg je ook geen kinderen!' zei Karima.

'Nou en?' vroeg Samra onverschillig, en dat schokte Karima nog het allermeest. Ze hoopte maar dat God het meisje niet zou straffen en onvruchtbaar zou maken... want Samra meende natuurlijk niet wat ze zei. Elke vrouw verlangde naar kinderen.

Haar hart klopte in haar keel toen ze het gesprek slinks op Ayyoub bracht. 'Mijn broer,' zei ze, 'nee, daar zal een goed meisje zo gauw niet mee trouwen. Maar jóúw broer, met hem is toch niets mis? Zijn er niet drommen meisjes die hem zouden willen?'

'Ik niet,' zei Samra met een ondeugend lachje.

'Ik... ik bedoel het maar als voorbeeld,' hield Karima vol. Ze móést weten hoe het tussen hem en die Nazique zat!

'Een theoretisch voorbeeld? Of wil je de foto zien die bij zijn laatste brief zat?' Samra keek nog steeds ondeugend. Karima wist niet wat 'theoretisch' betekende, maar ze wilde heel graag die foto zien. Ze knikte dus maar.

Samra dook over haar bed heen en begon in de laatjes van haar nachtkastje te rommelen. Zweet verzamelde zich in Karima's handpalmen terwijl ze wachtte. Nu zou ze Ayyoub zien in zijn gedaante van student, in zijn Parijse leven, zijn echte leven!

Op de foto stond naast Ayyoub een meisje. Een Frans meisje. Haar rok kwam nog niet tot haar knieën en haar armen waren bloot tot de schouders. Haar loshangende haren werden achterover gehouden door een zonnebril. Ze lachte brutaal, recht in de lens, en in haar ene hand hield ze een dik boek, met haar wijsvinger ergens halverwege tussen de pagina's. Haar andere arm had ze om Ayyoubs middel geslagen.

Karima wilde slikken, maar haar mond was te droog. Ze wilde iets zeggen, iets luchtigs, een grapje, iets om te verbergen hoe ze zich voelde, maar haar keel zat dicht. De foto in haar hand trilde. Ze gaf hem gauw terug.

'In dit ene geval heb je dus wel gelijk, denk ik,' zei Samra.

Vanaf dat moment dacht Karima nooit meer aan de zoon van haar bazin, nooit meer één seconde. Ze was dan misschien nooit naar school geweest, maar dom was ze niet.

Het was heel stil en heel heet op de binnenplaats van hun huis. Karima veegde het zweet uit haar ogen. Ze drééf, niet alleen omdat het midden op de dag was in de nazomer, maar ook doordat ze sardientjes zat te roosteren op de *zéro*, de kleine aardewerken vuurpot. Er was geen plekje schaduw, de zon stond recht boven haar hoofd. Toch was ze blij: omdat ze vrij had, omdat ze voor het eerst sinds lange tijd verse vis hadden, omdat haar moeder zich de rust had gegund een dutje te doen. Ze had de afgelopen anderhalf jaar geleerd blij te zijn met kleine dingen.

Opeens werd er op de poort gebonkt. Karima schrok. Haar hart klopte in haar keel. Iemand die goed nieuws kwam brengen, beukte er niet zo op los. Was het de huisbaas, die eindelijk kwam zeggen dat ze het huis moesten ontruimen? Ze hadden al twee maanden huurachterstand. Haar moeder vond steeds minder werk als wasvrouw, omdat de mannen die in Europa werkten wasmachines meebrachten. De was met de hand laten doen werd langzamerhand ouderwets.

Karima was overeind gekomen, maar ze had geen stap gezet. Ze keek om naar de slaapkamer, maar haar moeder was niet wakker geworden. Of lag ze ook met bonzend hart te wachten welk onheil voor de poort stond? Even dacht Karima aan de dag dat de imam was komen vertellen dat haar vader was overleden. Zou er iets met Karim zijn? Maar nee, de imam kwam niet met zoveel kabaal.

De deur zwaaide open – die was niet op slot. In de opening stond een man in gele kleren, een gele pet met een zwarte klep op zijn hoofd. In haar verwarring dacht Karima even dat er rook uit zijn mond kwam, maar toen zag ze dat er een sigaret in zijn mondhoek bungelde. De gele kleren – het was een postbode! Die kwam nooit bij hen in de straat! Brieven van ver werden aan bekenden meegegeven, en veel waren dat er ook niet.

De postbode kwam dichterbij en Karima kon hem beter bekijken. Het was al een oude man, zijn baard was wit, op een geelbruine vlek in zijn snor na, vlak boven de sigaret.

'Ben ik hier bij Ramdani?'

Karima knikte.

'Ik heb een brief voor jullie.' Uit zijn tas haalde hij een grote, dikke envelop. Hij bekeek hem zelf nieuwsgierig. 'Ik wist niet dat jullie familie hadden in Hollanda.'

'Mijn vader... maar die is dood,' stamelde Karima. Kwam die brief uit Hollanda? Wie had hem dan gestuurd?

'Je moet ervoor tekenen,' zei de man. Hij gaf haar een papier en een pen. Hij wees haar waar ze haar handtekening moest zetten. Karima keek hem hulpeloos aan.

'Een kruisje mag ook,' zei hij.

Karima tekende met trillende vingers een kruisje. Een brief die met de post kwam... dat kon alleen maar slecht nieuws betekenen.

De postbode had haar de envelop nog steeds niet gegeven.

'Afzender K. Ramdani. Zie je? Hier staat het.'

Karima volgde zijn vinger en herkende de naam.

'Van Karim?!' bracht ze uit. 'Is Karim in Hollanda?'

'De brief komt uit Hollanda. En hij is verstuurd door K. Ramdani. Dus je zou denken dat K. Ramdani in Hollanda is.' De postbode grinnikte. Zijn tanden waren bruin en brokkelig. Karima gruwde van hem. Maar ze moest die brief hebben!

'Je sardientjes verbranden,' zei de postbode. Karima draaide zich om. Vette zwarte rook steeg op van de zéro. Ze ging terug en draaide het rooster om. De postbode was haar gevolgd.

'Mag ik... mag ik de brief?' vroeg Karima.

Een brief van Karim! Het was bijna niet te geloven. En tegelijk leek het alsof ze hier al meer dan een jaar op gewacht had. Alsof ze zeker had geweten dat hij zou komen.

Eindelijk kreeg ze de envelop in haar handen.

'Dan ga ik maar,' zei de postbode.

Karima vergat de poort achter hem dicht te doen.

'Yema!' gilde ze. Ze scheurde de envelop open. Haar vingers trilden nog steeds, maar ze kreeg de vellen dichtbeschreven papier eruit. 'Yema! Karim! Hij is in Hollanda!'

In haar onderjurk verscheen haar moeder op de binnenplaats. Karima schopte gauw de poort dicht.

'Wat?!'

Karima wapperde met de papieren. 'Een brief, een brief van
Karim! Hij kwam met de post.'

Haar moeder pakte haar arm. Ook zij beefde.

'Waar is de postbode? Heb je hem thee gegeven?'

'Vergeten.' Karima voelde aan de brief, alsof ze zo aan de
weet zou kunnen komen wat erin stond.

'Waar wacht je op?' Khadizja trok haar dochter mee naar de
keuken, waar ze gingen zitten – of eigenlijk was het meer neer-
vallen, want Karima's knieën knikten nu ook.

'Zal ik...?' vroeg Karima.

'Ja, gauw!'

Karima's ogen vlogen over de letters, en toen weer terug
naar het begin. Karim schreef nogal duidelijk. Zou ze de brief
zelf kunnen voorlezen? Aarzelend begon ze:

'Lieve moeder en lief zusje,

Het spijt me dat jullie zo lang niets van me hebben gehoord.
Het was heel erg wat ik gedaan heb, het goud meenemen.
Maar ik moest wel. Als ik was gebleven, had ik ons niet kunnen helpen. Ik was een kleine jongen en ik kon niet genoeg
verdienen voor ons allemaal. Daarom ben ik naar Hollanda
gegaan. Nu gaat het goed.

Op de dag van baba's begrafenis hoorde ik over Haroun El
Merini, die mensen naar Spanje brengt. Ik liep erover na te
denken – maar natuurlijk had ik het geld niet. Toen ik de
sieraden op het bed zag liggen, dacht ik dat het een teken
van God was. Daarom ben ik met de bus naar Marsa gegaan
om ze te verkopen. Ik koos Marsa omdat het vlak bij Melilla
ligt. Melilla is van Spanje. Maar het is niet zo moeilijk er binnen te komen.

Ik vond Haroun en eerst was ik bang voor hem. Hij leek erg

rijk en erg belangrijk, ik vertrouwde hem niet zo. Hij mij ook niet, want hij zei dat ik te jong was om het geld te hebben voor de overtocht. Ik vertelde dat mijn moeder mij haar goud gegeven had omdat mijn vader was overleden, en dat geloofde hij. Eerst wilde hij het geld zien. Maar daarna was hij erg aardig.

Hij wilde weten waarom ik naar Hollanda wilde. Ik zei: mijn vader heeft daar ook gewoond. Ik wil werk zoeken. Dat vond hij normaal. Het geld dat ik voor het goud had gekregen was niet helemaal genoeg, zei hij. Maar hij zou me toch meenemen. Hij had haast, want diezelfde avond zou er een boot vertrekken. Er was geen maan die nacht en het zou bewolkt zijn, die kans moest hij grijpen. Hij zei dat ik meteen met hem mee moest gaan. Ik mocht in zijn Mercedes stappen. Dat was de eerste keer dat ik in een Mercedes reed! En eerlijk gezegd ook de laatste.

We gingen naar een huis waar we te eten kregen. Ik moest al het geld inleveren, ik mocht niets houden. Haroun zei dat hij voor eten en drinken zou zorgen. Daarna gingen we te voet naar het strand. Maar mijn tas mocht ik niet meenemen. Die moest ik achterlaten in het huis, want Haroun zei dat er geen plaats voor zou zijn in de boot.

Op het strand (het was al donker) stonden een paar mannen bij de rubberboot, en ik dacht dat mijn bagage er makkelijk bij zou hebben gepast. Ik vond Haroun een dief omdat hij mijn spullen had gehouden. Maar toen de boot in zee geduwd was en de motor werd gestart, kwamen er uit de duinen opeens heel veel mannen aanlopen. Sommigen waren zwart, zoals de mensen uit het zuiden. Anderen hadden gewoon onze kleur. Er kwamen er steeds meer, totdat het er zesentwintig waren. We zaten in die boot als sardientjes in een blik...'

'De sardientjes!' riep Karima. Ze sprong op en holde naar buiten. Maar de sardientjes waren helemaal verkoold. Spijtig keek ze naar de geblakerde resten. Daar ging hun lekkere maaltje! Maar ze had geen tijd voor spijt, de brief van Karim was belangrijker!

'Het was aardedonker op zee, zo donker als in Douar midden in de nacht. (Soms heb ik heimwee naar Douar. Gek, hè? Ik verlang nooit naar Souk el Khamiss.) De boot schommelde en ik werd draaierig en misselijk. Ik moest overgeven en een zwarte man werd boos op me omdat ik over zijn schoenen had gekotst. Ik was bang voor hem, maar Haroun zei de man op te houden met schreeuwen. We moesten ons heel stil houden. "Soms," zei hij, "vaart de kustwacht zonder licht om mensen zoals wij te pakken te krijgen. Opeens gaat er dan een grote schijnwerper aan, en dan pakken ze iedereen die niet overboord springt." Ik kan natuurlijk niet zwemmen dus ik hield de rand van de rubberboot stevig vast en nam me voor níét overboord te springen, al werden alle schijnwerpers van de wereld op me gericht!
Tegen de ochtend had ik het heel koud. Er spatte steeds water over ons heen omdat de boot heel hard voer. Het zou spannend geweest zijn als het niet zo gevaarlijk was. Nu kon ik alleen maar denken aan Spanje... Het werd licht en toen zagen we de kust. We zouden landen in de buurt van Almería, zei de man, niet in de haven natuurlijk, waar de douane toezicht houdt, maar op het strand. Het was zó dichtbij dat ik ophield met rillen en blij werd. Eigenlijk wist ik niet hoe ver Spanje nog van Hollanda ligt. Ik dacht: nu ben ik er bijna.
En toen zagen we opeens het schip van de kustwacht! "Duiken," zei Haroun, maar onze boot was zo vol dat we ons niet echt konden verbergen. Het schip kon nog harder dan onze speedboot, en kwam steeds dichterbij.
"Overboord!" zei Haroun. "Overboord en naar het strand zwemmen, het is hier niet diep. Ik vaar de andere kant op en leid ze af. Ren naar de duinen en verstop je. Ik kom zo gauw ik kan."

De mannen doken in het water. Eén man kon niet zwemmen en weigerde, maar Haroun duwde hem zonder pardon overboord. Toen ging ik ook maar. Ik was zó bang! Ik was de kleinste, ik kon daar niet staan, en ik ging kopje-onder. Ik spartelde en trapte met mijn benen en toen ging het beter, maar telkens als er een golf kwam, kreeg ik weer een slok water binnen. Ik kreeg ook water in mijn longen en ik hoestte en proestte en vergat te trappelen. Ik dacht dat ik zou verdrinken. Ik zonk en het water perste tegen mijn trommelvliezen en vulde mijn neus.

En toen, lieve moeder, had ik zó'n spijt! Ik dacht: alles is voor niks geweest. Ik heb het goud van mijn arme moeder afgepakt voor deze reis, maar die reis eindigt op de bodem van de zee en als ik dood ben heeft mijn moeder niets meer! Toen werd ik bij mijn nek gepakt. Iemand draaide me om en hees me op zijn borst. Ik werd een stuk in de richting van het land getrokken. Ik hoorde de stem van Haroun: "Laat me los, hier kun je staan."

En dat was waar. Zo snel ik kon waadde ik door de branding naar het strand. De schijnwerpers van de kustwacht streken langs de vloedlijn, en ik moest weer onder water duiken, anders zouden ze me zien. Maar deze keer had ik mijn adem ingehouden. Ik ging staan; ik hoorde de marineboot niet meer. Maar toen ik het water uit mijn oren had laten lopen en om me heen keek, merkte ik dat het schip achter onze boot was aangevaren. Ik hees mezelf het strand op. De andere mannen waren al verdwenen en ik wist niet zo goed waar ik heen moest. Lopen was moeilijk in mijn natte kleren en er bleek opeens een koude wind te staan, maar toch rende ik naar de duinen en verstopte me in een stekelbosje. Ik was heel bang en ik dacht aan thuis.'

De tranen liepen Khadizja over haar wangen.

'Zo'n domme jongen,' hikte ze, 'zo gevaarlijk!'

'Hij heeft een brief geschreven,' zei Karima nuchter, 'dus het is goed afgelopen.'

'Dat weten we niet... lees verder!'

Er werd op de poort geklopt. Khadizja veegde haastig haar wangen droog. Zij en haar dochter keken elkaar aan – nu geen bezoek! Maar een tel later stapte een bekende figuur de kleine binnenplaats over en bleef staan op de drempel van de keuken. Karima had hem al in maanden niet gezien. En nooit meer aan hem gedacht, nog niet één seconde.

'Ayyoub! Wat doe jij hier!'

'Kom binnen, hoe gaat het? Ga zitten, drink een glas thee mee,' zei Khadizja. Ze keek haar dochter fronsend aan. Maar ook zij raffelde de beleefdheidsformules af. Haar ogen waren gericht op de brief in Karima's handen, alsof ze de woorden kon opslurpen alleen door ernaar te kijken.

'Wat kom je doen?' herhaalde Karima. Haar eigen blik zat aan Ayyoub vastgeplakt.

'Stoor ik?' vroeg hij met een blik op de brief.

Khadizja sloeg verlegen haar blik neer, wat wilde zeggen: eigenlijk wel, heel erg!

'Eh...' zei Karima. 'We hebben een brief van mijn broer gekregen. Uit Hollanda. We hadden al heel lang niets van hem gehoord.'

Khadizja wierp haar een verstoorde blik toe. Ze vond kennelijk dat zoiets een vreemde niets aanging. Maar toen kwam er een peinzende uitdrukking op haar gezicht, ze keek van Ayyoub naar Karima en knikte toen even met een klein glimlachje.

'Is er... is er iets met je moeder of zo?' vroeg Karima, die nog altijd niet verder wilde lezen.

Ayyoub schudde zijn hoofd. 'Nee eh... Ze is ziek en ze vroeg... Ik ben net aangekomen, maar ik moest hier toch in de buurt zijn, dus...'

De glimlach van Khadizja verbreedde zich.

'Maar het heeft geen haast. Ik wil niet storen bij familieaangelegenheden.' Ayyoub grijnsde op de manier van alle jongens die zich met hun houding geen raad weten.

Meteen werd Karima ook verlegen. Ze schaamde zich plotseling voor hun sjofele keuken en de stoffige, onbetegelde vloer. Ze keek naar de grond, en toen weer naar hem. Zijn blik maakte haar aan het blozen. Maar ze sloeg haar ogen niet neer.

'Het komt nu niet zo goed uit,' zei ze onbeleefd.

Khadizja kwam ertussen. 'Je hoeft niet weg te gaan, Ayyoub. Je mag wel horen wat mijn zoon in Hollanda schrijft.' Er klonk trots in haar stem. 'Ga door, Karima.'

Karima ging weer zitten – ze had niet eens gemerkt dat ze was opgestaan.

Honden, fietsen en formulieren

Karima's stem haperde even toen ze verder las.

'Haroun stond vlak bij mij onder een duin, ik hoorde hem praten. Hij had zijn helper teruggestuurd met de boot, en omdat de kustwacht achter hem aan was gevaren, dachten we dat we veilig waren. Toch riep Haroun dat we ons snel moesten verzamelen op de weg achter de duinen. Van alle kanten kropen mannen te voorschijn. Haroun nam niet de tijd ze te tellen maar beval ons hem te volgen. Hij fluisterde en wij mochten helemaal niets zeggen. Hij zei: "Ik heb geen zin om voor jullie naar de gevangenis te gaan." We moesten ons verstoppen zodra we iemand zagen, of anders zo snel mogelijk naar de weg rennen. En hij zei: "Wie de bus mist, moet zichzelf maar redden."
Toen hoorden we de honden! "Douane! Rennen!" zei Haroun. We liepen zo hard we konden. En tegelijk zo stil als we konden. Ik liep vlak achter Haroun. Hij is niet zo jong meer en dik, dus hij hijgde en struikelde steeds. Ik nam hem bij de arm en trok hem mee.
Toen ik omkeek zag ik de mannen van de douane, Spanjaarden. Ze hadden honden, maar gelukkig liepen die aan de lijn. Opeens, op de top van een duin, zagen we verderop het busje, een donkerblauwe Ford Transit zonder ramen. De achterdeuren stonden open. De douaniers hadden het ook gezien en ze bleven staan om de honden los te laten. Die honden konden veel harder lopen! We gingen weer omlaag en konden het busje niet meer zien. Mijn natte schoenen zaten vol zand en ik hijgde nu ook, mijn voeten en mijn benen begonnen pijn te doen van het hollen door het mulle zand, en we hoorden hoe de honden ons inhaalden... Ze

blaften als gekken. Ik dacht dat ze ons aan stukken zouden scheuren als ze ons te pakken kregen.

Op de volgende heuvel kon ik niet meer. Ik viel in het zand. Het geblaf klonk dichter- en dichterbij. Maar ik rolde door en halsoverkop het duin af. Ik struikelde overeind en stortte me met een snoekduik in het busje. Eén tel later gingen de deuren dicht en reden we weg.

Er zaten maar twaalf mannen in het busje. De rest had het niet gehaald. Ik denk dat de douane ze gepakt heeft. "Als ze geluk hebben," zei Haroun, "worden ze teruggestuurd. Als ze zo dom zijn geweest om hasj mee te nemen, gaan ze de gevangenis in." Daar schrok ik van.'

Er was een zin doorgestreept. Karima las die niet voor, maar ze zag wel wat er gestaan had: 'Op dat moment was ik blij dat ik mijn tas achter had moeten laten.' Ze kreeg een kleur.

Ayyoub nam haar de brief uit handen.

'Ik lees wel verder, neem maar een slokje water.' Hij fronste zijn wenkbrauwen terwijl hij de doorgestreepte zin ontcijferde. Karima kon wel door de grond zakken. Nu wist Ayyoub ook dat haar broer een deel van zijn geld had omgezet in hasj. Dat hij niet alleen een wegloper, maar ook een smokkelaar was – of had willen worden. Ze griste de brief uit Ayyoubs handen, slikte, en las door.

'We stopten alleen om te tanken. Brood, olijven, vijgen en water waren aan boord. Als we moe werden sliepen we, zittend. Ik vroeg me af hoe Haroun zesentwintig man in dat ene busje had willen proppen... Hij en de chauffeur die op ons had gewacht, reden om de beurt. We reden helemaal door naar een stad die Lille heet. Dat ligt in Frankrijk, heel ver in het noorden. Daar moesten we uitstappen. Het was midden op de dag, maar niet warm. Er stond een koude wind. We stonden in een stille wijk waar alleen fabrieken waren. Ik vind Frankrijk niet zo mooi. Daar stonden twee

taxi's te wachten. Ik moest overstappen. Haroun ging niet
verder mee. Ik bedankte hem, maar dat vond hij niet prettig. "Je hebt mijn leven gered," zei ik, maar hij zei alleen:
"Schiet nou maar op."
Even later zat ik met vier anderen in een taxi. (Het was geen
Mercedes.) Ik dacht dat de rit maar kort zou duren, maar
het duurde nog uren. We stopten in een grote stad. Daar
moesten we uitstappen. Het was avond. Ik wist niet waar ik
heen moest. De andere mannen hadden allemaal familie of
kennissen in de stad. Maar ik had niemand. Ik wist niet eens
hoe de stad heette. Het regende, en daarom dacht ik dat ik
in Hollanda moest zijn, want baba klaagde altijd over de
regen.'

Bij de laatste zin ontsnapte Khadizja een snik. Karima ging
dicht naast haar zitten en sloeg een arm om haar moeder
heen. Die domme Karim begreep niet dat hij zijn moeder daarmee aan het huilen maakte. Dat ze aan haar man zou moeten
denken, die in dat regenland had gewoond tot hij er helemaal
alleen was overleden. Ze las gauw verder; misschien werd het
nieuws nu beter.

'Alles zag er heel anders uit dan thuis, en ook weer anders
dan in Lille. Er was niets dat me bekend voorkwam, ik zag
nog niet eens een theehuis waar ik had kunnen schuilen.
Trouwens, ik had geen rooie cent.
De taxi wilde wegrijden, ik hield hem snel tegen.
"Wat moet ik nu doen?" vroeg ik aan de chauffeur.
"Je bent er. Zoek het maar uit," zei hij.
"Maar ik weet niet waar ik heen moet!"
"Slaap in een moskee," zei hij. Hij wees me waar die was.
Voor ik eraan kwam, was ik doornat. De moskee was in een
grauw gebouwtje tussen een speelplaats en een rij hoge,
grijze huizen. De deur was gelukkig open en ik ging naar
binnen.

De imam was een Marokkaan. Ik was ontzettend blij. Want ik was onderweg bang geworden dat ik de mensen niet zou kunnen verstaan (ze praten geen Frans in Hollanda). Ik kreeg ook een beetje harira, het eerste warme eten dat ik kreeg sinds de avond voordat ik was weggelopen. Damp sloeg van mijn kleren en ik vroeg of het hier soms winter was, maar de imam lachte en zei van niet.

De soep had me een beetje getroost. Maar daarna kreeg ik heimwee. Ik verlangde naar mijn eigen bed, met het gestommel van de koeien aan de andere kant van de muur. Ik verlangde naar de geluidjes uit onze keuken, en naar de oproep voor het gebed van onze eigen moskee. Hier was niemand die ik kende en niemand die zich speciaal om mij bekommerde. Ik dacht aan de waarschuwing van baba, dat ik niet naar Hollanda moest komen. Hij wist meer van dit land dan ik…

Het klinkt raar, maar op dat moment drong het pas tot me door dat baba er niet meer is. Ik heb niet gehuild. Maar ik had opnieuw spijt. Baba had voor ons gezorgd, voor jou, yema. En ik heb je alleen maar bestolen. Ik lag daar, in een hoekje van de moskee, in mijn vochtige kleren en probeerde niet aan de volgende dag te denken. Marokko was zó ver weg; onbereikbaar, want teruggaan kon niet meer.

Ik was zo moe, dat ik toch in slaap viel. De volgende dag schudde iemand me wakker. Het was een man die was gekomen om te bidden. "Slaap je hier," vroeg hij, "heb je geen plek om naartoe te gaan?"

"Nee," zei ik.

"Kom mee," zei hij, "dan drinken we thee."

De zon scheen, maar het was toch koud. Mijn kleren waren nog steeds niet droog…'

'Zo wordt hij nog ziek!' mopperde Khadizja. Karima moest lachen. 'Het is al meer dan een jaar geleden, yema! Luister nou maar verder.'

'We gingen naar een theehuis vlak bij de moskee. Daar smaakte de thee net als thuis en ik hoorde iedereen onze eigen taal praten. Ik zat maar te luisteren en te luisteren. Misschien was ik voor niets zo bang geweest, de vorige avond.

"Wil je werken?" vroeg de man. Hij heette Abdelkader. Hij had een baard, net als baba de laatste keer dat we hem zagen.

"Natuurlijk, daar kom ik toch voor," zei ik.

"Hoe oud ben je?"

Toen loog ik dat ik zestien was.

"Kom dan maar mee. Een kennis van me heeft een kwekerij, snijbloemen. Ik weet dat hij een extra kracht nodig heeft in de kas."

Ik wist niet wat snijbloemen waren, maar nu wel: dat zijn bloemen die mensen kopen om in hun huizen te zetten, voor de sier. Een kas is een huis van glas, waar het warm is, zodat de bloemen sneller groeien. Ze moeten besproeid worden en bemest en afgesneden, dat gebeurt allemaal met machines. Het is vreemd dat de mensen hier zoveel moeite doen voor iets dat je niet echt nodig hebt.

Abdelkader had een auto, een oude Ford. We reden de stad uit. Ik keek naar buiten om te zien wat voor land Hollanda nou eigenlijk was. Ten eerste: iedereen rijdt op fietsen. Mannen, vrouwen en kinderen, allemaal op de fiets. En ik zag ook honden. Ze zaten aan riemen en hun baasjes liepen er achteraan. Ik was nog steeds bang voor honden, maar deze mensen waren niet van de douane. Ze hadden die honden gewoon voor de gezelligheid, zei Abdelkader. Stel je voor, een dier houden dat geen melk of vlees of wol geeft en dat wel elke dag moet eten! Toen ik erover nadacht, begreep ik dat de mensen in Hollanda echt ontzettend rijk zijn.

Ik schrok toen ik de baas van de kwekerij zag. Het was een Hollander! En hij praatte alleen Hollands. Ik wist niet wat Abdelkader over mij zei, maar ik werd erg bang toen hij wegging. De Hollander was heel groot. Hij zei dat hij Dries heette, en ik was verbaasd omdat dat een Marokkaanse naam is, maar ik kon niet vragen hoe dat kwam. We konden elkaar helemaal niet verstaan! Dries nam me mee naar de kas en deed me voor wat ik moest doen. Het werk was makkelijk. Maar ik vroeg me de hele dag af waar ik 's avonds moest slapen.

's Middags kreeg ik dunne lapjes brood met dunne lapjes kaas. Toen weer werken. Na een paar uur wenkte Dries me. Hij wees me een washok. Er waren kranen en als je daaraan draaide sproeide het water vanzelf over je heen! Toen ik uit de douche kwam, mocht ik aan tafel eten bij Dries en zijn vrouw. Ze hebben geen kinderen. De vrouw heet Miep (gekke naam, het klinkt als een muis in het hooi) en ze is aardig.

Na het eten kreeg ik een schok. Dries bracht de vuile borden naar de keuken (iedereen eet hier van een apart bord) en, echt waar, hij begon af te wassen! Ik keek van opzij naar Miep, ik verwachtte dat ze boos zou worden. Maar zij zette de televisie aan en ging languit op de bank liggen. Ik dacht dat ze misschien ziek was. Maar het gaat iedere dag zo. Dries wast elke avond af. En ik moet helpen. Wat zou Karima lachen als ze me zo zag! Ik schaam me dood, maar het schijnt hier zo te horen.'

Karima moest inderdaad lachen. Karim aan de afwas! Dat zou ze wel eens willen zien!

'Dat moet ik aan Fatima vertellen!' riep ze uit. Heerlijk, ze zou nu weer met Fatima over Karim kunnen praten! Ze hoefde zich niet meer te schamen. En Fatima hoefde niet meer met die enge neef te trouwen!

'Ik doe ook vaak de afwas hoor,' zei Ayyoub opeens. 'Thuis in Parijs. We wonen met een stel bij elkaar en we doen het om de beurt, de meisjes én de jongens.'

Karima gaf hem een por en lachte: 'Wat zul jij veel huwelijksaanzoeken krijgen!' En die rare Ayyoub, Karima kon het bijna niet geloven, blóósde!

'Lees verder!' zei Khadizja ongeduldig.

'Die eerste keer brachten Dries en Miep me meteen na het eten naar de schuur waar het gereedschap wordt bewaard. In een hoekje stond een bed. Miep deed er schone lakens op en toen mocht ik slapen. Ik was heel, heel, heel erg moe. Maar toen ik me op bed liet vallen, klapte het in elkaar! Ik raakte in de knoop met de lakens en de dekens, en toen ik probeerde het bed te repareren, merkte ik dat het een opklapbaar bed was. Het was gelukkig niet stuk. Ik nam niet de moeite het weer netjes op te maken, maar ik sliep meteen in, met mijn kleren nog aan. Ook mijn schoenen. Daar moest Dries de volgende dag om lachen.

Vanaf die dag was het werken, eten, slapen. Ik kreeg twee blauwe pakken voor in de kas, en rubberlaarzen. Soms praatte ik een beetje met Miep en Dries, met handen en voeten. Sommige Franse woorden kunnen zij begrijpen, maar Arabisch niet, alleen "salaam aleikum" en "Allah". Toen ik mijn eerste loon gekregen had, wilde ik naar een winkel gaan om kleren te kopen, maar de mensen begrepen me helemaal niet, ze lachten om me en daarna durfde ik niet meer. Pas weken later heeft Adelkader me geholpen.

Een keer was ik een wandelingetje gaan maken, in het donker, want ik had alleen mijn werkkleren en ik schaamde me. Toen ik terugkwam, stond de schuur aan de verkeerde kant van de kas en ik begreep dat ik verkeerd gelopen was. Overal in het donker waren van die oranje plekken licht. Allemaal kassen, want 's nachts blijft het licht aan om de bloemen beter te laten groeien. Pas na twee uur lopen had ik onze kas teruggevonden, want als ik de weg probeerde te vragen, begrepen ze me niet.

Dries begon me dingen aan te wijzen en er de Hollandse woorden bij te zeggen. 's Ochtends zei hij: "Goedemorgen, alles goed?" En dan moest ik terugzeggen: "Alles goed." Dat is eigenlijk net als bij ons, want het betekent: Gaat het? En 's avonds zei hij: "Trusten." Als hij wegging, zei hij: "Doei." Zo leerde ik langzaam de woorden. Nu durf ik wel de straat op te gaan en ook boodschappen te doen.

De mensen in Hollanda zijn heel anders dan wij. Ze denken alleen maar aan geld. Ze vragen altijd wat iets kost en ze zeggen bij elk ding wat ze ervoor hebben betaald. En dat terwijl ze heel veel spullen hebben. Iedereen heeft een koelkast en een auto en een televisie en ook iets dat ze videorecorder noemen, daar kun je films mee bekijken. Er zijn veel auto's op straat, nog meer dan in Medina of Marsa en je moet heel goed uitkijken als je oversteekt. Ze rijden heel hard en de fietsers ook, want Hollanders hebben altijd haast. Ze lijken niet zo vriendelijk, maar als je ze beter kent wel. Dries en Miep zijn erg aardig voor me. Ze helpen me met alles wat ik niet weet, bijvoorbeeld papieren invullen. Dat is nog iets van Hollanda: je moet voor alles formulieren invullen.

Het eerste woord dat ik leerde, na Alles goed en Doei, was Koffiepauze. Dat zegt Dries halverwege de ochtend, als we koffie gaan drinken bij Miep in het kantoortje. Die koffie had ik de eerste tijd hard nodig, want ik moest heel vroeg op. Daarna leerde ik Godverdomme. Dat zegt hier iedereen. Het is een woord voor als je boos bent, dat zijn ze hier gauw. Ik denk omdat het zo koud is. Daarna leerde ik: Maggik. Als je wat wilt, moet je beginnen met Maggik. Van Maggik worden de mensen aardiger.

Karima zou verbaasd zijn over de koeien hier. Ze zijn zwart met wit en ontzettend groot en dik. Bij ons thuis zou er maar één in de stal passen, niet twee. Het is niet zo gek dat ze zo groot worden, want Hollanda is helemaal begroeid met gras – tenminste waar geen kassen of huizen staan. En ik heb nog niet verteld dat Hollanda plat is. Dat kun je je niet voorstellen. Zo plat als een tafel! Het loopt nergens af of op, alles is op dezelfde hoogte, en buiten het dorp kun je tussen de kassen door helemaal rechtuit kijken naar de horizon. De wegen gaan eindeloos rechtdoor. Ik vroeg waar de bergen begonnen, maar toen begon Dries te lachen. In het begin voelde ik me erg onveilig door die platheid aan alle kanten om me heen.

Ook aan de regen moest ik wennen. Het regent hier bijna de hele tijd en niemand is daar blij mee. De mensen in Hollanda praten altijd over het weer en altijd vinden ze het rotweer, of het nou koud of warm, droog of nat is. Maar meestal is het nat, en eerlijk gezegd vind ik dat zelf ook niet zo lekker.

Miep gaat anders gekleed dan onze vrouwen, en ze doet ook andere dingen. Ze blijft niet in huis maar zit in het kantoortje bij de kas achter een computer. (Computers vergat ik nog. Daar kun je dingen mee uitrekenen en schrijven.) Ze kookt 's middags geen eten, alleen 's avonds. En het eten is vreemd, je krijgt drie hoopjes: een van groente in water gekookt, een van aardappelen in water gekookt, en een stukje kaal vlees. Zo flauw dat yema zich ervoor zou schamen! Als ze varkensvlees hebben, bakt Miep een ei voor mij. Ik mis pepers en uien en tomaten en paprika. Maar eens in de week eten we macaroni, en dat heeft meer smaak, en in de winter dikke soep van bonen, en die is lekker.

Eerst dacht ik dat Dries zich wel dood zou schamen voor Miep: ze loopt er soms erg bloot bij. Nog erger dan Karima's filmsterren. In de zomer als de zon schijnt, zit ze 's middags bijna naakt op het plaatsje achter het huis. In het begin durfde ik daar niet voorbij te lopen als ze daar zo zat. En als ze boodschappen doet, heeft ze soms ook niet meer aan dan een korte broek en een hemd. Ik wist niet waar ik moest kijken toen ik dat voor het eerst zag! Maar hier schijnt het gewoon te zijn. Yema zal het wel haast niet kunnen geloven, maar Miep is tóch een nette vrouw. De buren hebben respect voor haar. Die andere vrouwen hebben 's zomers ook zo weinig kleren aan. Na een tijdje raakte ik eraan gewend.

Soms lag ik op bed en dan vroeg ik me af of ik ooit mijn eigen taal weer zou horen. Weet je hoe erg je je taal gaat missen als je hem niet kunt spreken? Daarom was ik heel blij toen er een andere Marokkaan bij ons kwam werken. Aziz kwam alleen voor de drukke tijd, maar hij nam me op vrijdag mee naar de moskee in de stad en daarna naar het huis van een vriend waar we couscous aten of een tagine van kip. De anderen waren allemaal oudere mannen, maar ik vond het er toch fijn. Aziz werkt niet meer in de kas maar ik mag altijd in dat huis komen op vrijdag. En ik durf nu ook zelf met de bus naar de stad.

Het is vreemd, maar die mannen die 's zomers met hun Mercedessen naar onze streek komen, die leiden hier een armoedig leven. Hun huizen (in de stad zijn de huizen opgestapeld) zijn klein en donker en sommigen eten alleen kippenvleugeltjes en aardappels. Het hele jaar sparen ze voor de reis naar Marokko. En wij maar denken dat ze zo rijk zijn! Ik ben vroeger heel erg jaloers geweest op hun goud en hun televisies, maar ik begrijp nu wel waarom baba niet wilde dat ik naar Hollanda kwam. Het leven hier heeft geen geur. Thuis vormen alle geluiden samen een soort muziek; hier is alleen maar lawaai. De groenten hebben geen smaak en de aarde geen kleur. Ik denk soms aan de tijd dat ik in de pauze van school bij de rivier een handvol abrikozen of olijven at en niet besefte hoe gelukkig ik was.

Na een paar maanden konden Dries en ik elkaar beter verstaan, en na een jaar was ik zover dat we echte gesprekken konden voeren. Dries vroeg hoe ik in Hollanda verzeild was geraakt, en ik vertelde over baba en dat hij was doodgegaan. Hij vroeg of yema pensioen kreeg, en ik vroeg: "Wat is dat?" Hij legde me uit dat iedereen die in Hollanda werkt, recht heeft op geld als hij oud is. En als hij overlijdt voor zijn tijd, dan krijgt zijn weduwe dat geld. En ik zei dat mijn moeder dat niet wist. Toen vroeg hij hoe baba's baas heette en ik zei dat hij in de bouw had gezeten en ook had gewerkt als schoonmaker en in een parkeergarage. Maar de namen van de bazen wist ik niet.

Dries is een reus en hij is niet snel, maar hij kent veel mensen. Hij begon te informeren, zonder het mij te zeggen. Weken later kwam hij opeens 's avonds bij me in de schuur en zei dat hij het bouwbedrijf gevonden had waar baba heeft gewerkt. En hij was bezig het pensioen in orde te maken. Ik begreep niet goed wat dat betekende, dus ik vergat het weer.

Maar nu heeft Dries me verteld dat yema geld krijgt uit Hollanda. Vanaf het moment dat baba stierf tot de dag van vandaag. Voortaan komt er elke maand geld, want pensioen gaat per maand. Het bedrag dat ik stuur...'

Ayyoub stond op.

'Ik moet nu gaan,' zei hij. Hij keek verlegen. Karima begreep het wel: hij vond dat hij niets te maken had met de geldzaken van de familie Ramdani. 'Zie ik je morgen?' vroeg hij aan Karima.

'Nee, slome,' zei Karima, 'morgen werk ik niet bij je moeder. Dinsdag pas weer.'

'O, maar... Mijn moeder vroeg of je kon ruilen, ze heeft het zelf geregeld met haar vriendin. Is dat goed?'

Karima knikte.

'Dan zie ik je dus morgen, hè?'

Karima keek hem verbaasd aan. Khadizja zag weer een reden om te glimlachen.

'Kom gerust nog eens langs,' zei ze. Ze had blosjes op haar wangen en haar ogen schitterden. Ze was geen arm, ziek, afgeleefd weduwvrouwtje meer, zoals ze er nu uitzag. Karima vond dat haar moeder op dit moment niet onderdeed voor lala Nadia.

Ze keken Ayyoub beiden na toen hij over de binnenplaats liep. Pas toen de poort achter hem dichtsloeg, ging Karima verder met de brief van Karim.

'Het bedrag dat ik stuur, is genoeg voor een jaar huur en voor medicijnen voor yema. Karima kan kleren kopen, want die zullen wel versleten zijn. Jullie moeten oom Khalid het geld terugbetalen dat ik hem nog schuldig ben. En dan blijft er nog genoeg over voor een voorraad hooi en nog een koe, als die er nog bij past in de stal.'

Karima onderbrak zichzelf.
'Zóveel!' riep ze uit.
Het was prachtig, zoveel geld. Maar ze werd er een beetje treurig van dat Karim niet wist dat ze de koeien hadden moeten verkopen en in plaats daarvan kippen hadden genomen. Hij had er niet het flauwste benul van dat Karima uit werken ging en dat ze afdankertjes van Samra droeg. Karim had helemaal geen idee hoe hun leven er nu uitzag...
Haar moeder schudde aan haar arm.
'Ga nou door!'
Karima boog zich weer over de brief.

'Dries en Aziz vinden het dom dat ik mijn school niet heb afgemaakt. In Hollanda gaat alles met diploma's. "Zelfs als je schoenpoetser wil worden," zei Aziz, "heb je een diploma nodig," maar daar moest Dries om lachen. Trouwens, schoenpoetsers zie je hier helemaal niet. De meeste jongens van mijn leeftijd, ook de Marokkaanse, zitten hier nog op school. Ik heb een goed stel hersens, zegt Dries. Hij vindt dat ik die moet gebruiken. En Aziz moppert dat ik de kans heb laten lopen die baba me wilde geven. Daar probeer ik niet naar te luisteren. Ik schaam me al genoeg.
Ik heb geluk gehad dat Abdelkader me bij Dries heeft gebracht. Ik kijk van hem de kunst van het snijbloemenvak af, en Miep probeert me te leren hoe ik met de computer moet omgaan. Het meeste is in het Engels. Als ik op school was gebleven, had ik dat kunnen begrijpen.
Af en toe probeer ik me voor te stellen hoe het met jullie

gaat. Dan zie ik yema in de keuken bij het butagasstel en is het net of ik de stoofpot ruik die ze klaarmaakt. Toen het Suikerfeest was, haalde ik me voor de geest hoe onze buren en vrienden bij ons onder de takken van de vijgenboom zouden zitten praten en eten en lachen... Vannacht droomde ik dat Dabouze me met zijn knuppel achternazat en ik was bijna blij hem te zien! Ik vraag me af of Ahmed nog steeds in Medina op school zit en of hij nog boos op me is. Elke ochtend als ik wakker word, zie ik voor me hoe mijn mooie zusje haar hoofddoek om knoopt en met de koeien naar het veld gaat, en ik vraag me af of de mannen niet te brutaal worden nu er geen broer is om op haar te passen. Als ik voor het eten nog even ga liggen, zie ik voor me hoe Karima en Fatima op de binnenplaats zitten te giechelen. Maar dan bedenk ik dat ze misschien geen tijd meer heeft om te babbelen. Of dat Fatima getrouwd is en ergens anders woont. Ik zou graag horen of het klopt wat ik me voorstel.'

'Er klopt niks van!' mopperde Karima. 'En dat komt door hem.'
'Stil toch,' zei haar moeder. 'Nou komt toch alles in orde! Ga door, Karima!'

'Ik hoop dat alles goed gaat. Ik heb veel aan jullie gedacht en me geschaamd als ik erover piekerde hoe jullie over me moesten denken. Daarom heb ik nu zo'n lange brief geschreven. Ik wil niet dat mijn moeder meent dat ze een slechte zoon heeft. Ik was het wel, maar toen dacht ik nog niet na. Toen baba stierf, ben ik erg geschrokken. En daarna weer toen ik bijna verdronk. Mijn moeder en mijn zusje hebben het recht om boos op me te zijn. Maar 's avonds als ik niet kan slapen, hoop ik dat ze me kunnen vergeven.
Als jullie meer geld nodig hebben, hoeven jullie het alleen maar te zeggen. Maar liever spaar ik op wat ik verdien. Eerst om nieuwe sieraden voor yema te kopen. En daarna... Later zou ik een huis willen kopen in Masra of Medina. Daar is het

beter dan in Souk el Khamiss. Daar kunnen jullie dan wonen. Als Karima wil, zou ze naar de naaischool kunnen gaan, en leren kleren te maken voor anderen. Dan kan ze geld verdienen voor zichzelf en met de stadsvrouwen praten. Die lijken sprekend op de televisiesterren waar je zo van houdt! Ik denk niet dat ik hier altijd wil blijven. Maar eerst moet ik nog heel veel sparen.

Hier volgt het belangrijkste. Karima. Bij deze brief is nog een papiertje. Op dat velletje heb ik een nummer gezet. Geef dat aan oom Khalid. Hij zal je zeggen wat het nummer is en dat moet je uit je hoofd leren. Ga naar het postkantoor en zeg het nummer bij het loket. Dan krijg je het geld van baba's pensioen.

Ik zou het fijn vinden als jullie via oom Khalid zouden laten horen hoe het gaat. Groeten uit Hollanda van jullie zoon en broer Karim.

Geef de man die dit heeft voorgelezen een ruime beloning alsjeblieft.'

Geuren van thuis

Karima stokte halverwege die laatste zin en keek op. Ze hoefde niemand geld te geven. Ze hád de brief niet hoeven laten voorlezen. Ze had hem helemaal zelf gelezen! Ze kon lezen! En niet alleen de Koran, die teksten die iedereen dromend kon herhalen, maar nieuwe, onverwachte woorden! Zonder dat ze het had gemerkt had ze echt lezen geleerd. Nu zou ze Samra te hulp roepen en eigenhandig een brief terugschrijven!

De ogen van haar moeder stonden vol tranen. 'Ik heb het je toch gezegd.' Khadizja kuchte even en haar stem klonk bibberig toen ze verderging. 'Karim lijkt op zijn vader. Ik wist dat we uiteindelijk op hem konden rekenen.' De poeltjes in haar ogen liepen over. Sinds de elektriciteit was afgesloten had Khadizja niet meer gehuild. Karima was er soms bang van geworden, zo kalm en onaangedaan haar moeder zich had gehouden. Pas nu er eindelijk bericht kwam van Karim, kon je zien hoe verdrietig ze was geweest.

Karima schudde haar hoofd. Zij had wél getwijfeld, vaak zelfs. Ze had Karim aangezien voor zelfzuchtig en onverschillig en wreed, en ze had verdriet gehad omdat zijn gedachten niet meer leken op de hare, zodat ze hem niet langer begreep. Ze had gedacht dat ze Karim voor altijd kwijt was. Ze had zelfs de hoop verloren dat ze ooit nog van hem zouden horen. Ze had Karim in haar hart altijd trouweloosheid verweten, maar nu bleek dat híj hen trouw was gebleven, terwijl Karima hem had laten schieten.

Maar ze had geen zin om zich te schamen. Ze had zin om te springen en te schreeuwen en naar Fatima te rennen om het goede nieuws te verkondigen, ze wilde naar de markt vliegen om oom Khalid en iedereen die het maar horen wilde luidkeels te vertellen dat haar broer wél voor hen zorgde, ze zou lala Nadia om de nek willen vliegen, ze zou Samra en zelfs Ayyoub wel willen zoenen! Ze zou het bergpad op willen hollen naar Douar, om Bachir te zeggen dat hij zijn geniepige stink-Tarcha mocht houden, en om tegen Zeineb te jubelen dat ze nou ook kon lezen, dat ze een vak mocht leren en heus niet altijd een dom dienstmeisje zou blijven! Dat ze in de grote stad zouden gaan wonen in een huis met een wasmachine en een kleurentelevisie! Zeineb zou haar met grote ogen aanstaren en zeggen dat Karima altijd haar beste vriendinnetje was geweest.

Maar ze ging helemaal nergens heen. Ze bleef in de zon met haar moeder zitten verstellen en babbelen. Khadizja raakte niet uitgekletst over haar ondernemende zoon. Na een tijdje vroeg Karima: 'Mag ik echt naar de naaischool?'

'Als Karim het zegt, ja,' zei Khadizja, en even schoof er een schaduw tussen Karima en de zon.

'Is er dan altijd een man aan wie we toestemming moeten vragen?' mompelde ze.

'Natuurlijk,' zei haar moeder verbaasd. 'Je vader, je broer, je man. Zo is het nu eenmaal.'

'Maar ik trouw niet!' zei Karima Samra na.

Toen lachte haar moeder haar in haar gezicht uit.

'Maak dat een ander wijs,' zei ze. 'Denk je dat ik niet gezien heb hoe hij naar je keek?'

Karima bloosde, maar ze zei: 'Maar ik trouw toch niet voordat ik een diploma heb. Goud kunnen ze stelen.'

Toen liet Khadizja haar naaiwerk zakken en keek haar dochter onverwacht ernstig aan. 'Je bent altijd al een verstandig meisje geweest,' zei ze.

Karima ging op weg naar het postkantoor, maar eerst wipte ze even bij Fatima binnen. Ze troonde haar vriendin mee naar de kamer die zij sinds Maryams vertrek voor zich alleen had. Later zou Fatima natuurlijk alles aan haar familie vertellen, haar familie die tenslotte door Karim bestolen was, maar Karima wilde alleen met haar zijn als ze het nieuws zou vertellen. Karim dacht misschien dat hij het heel subtiel aanpakte toen hij over Fatima begon, maar zijn tweelingzus kon hij niet voor de gek houden! Voor ze aan haar brief begon, moest ze weten wat ze Karim over Fatima kon schrijven.

'Heb je een nieuwe kaftan?' vroeg ze, toen ze het kledingstuk op een hanger zag hangen – net alsof dit een heel gewone middag was. En ze liet Fatima eerst vertellen over de dure stof en de fout die haar moeder van de zenuwen bij het naaien had gemaakt en dat je er nu niets meer van zag...

'Zal je goed staan,' zei Karima. 'Trek je hem aan als Karim met vakantie komt?'

Fatima hield abrupt haar mond. Ze werd bleek. Ze hapte naar adem, maar ze kon of wilde niets vragen.

Karima drentelde door de kamer en voelde aan de jurk. Dure stof, inderdaad. Zonder om te kijken zei ze: 'Jij had gelijk. Hij zit in Hollanda. Heeft hij jou soms ook een brief geschreven?'

'Mij?' piepte Fatima. 'Ka... Karim?'

'Hij mist je,' zei Karima. Ze draaide zich weer om, net op tijd om Fatima donkerrood te zien aanlopen. 'Wat denk je, zou jij daar kunnen aarden? Of wil je liever hier blijven wonen als jullie getrouwd zijn? Het is een raar land hoor, de vrouwen lopen er halfnaakt rond en de mannen doen de afwas!' Ze verwachtte dat Fatima daar net zo om zou moeten lachen als zijzelf. Maar Fatima zag er eerder uit alsof ze Karima wilde aanvliegen.

'Geméén!' hijgde ze. 'Je bent geméén! Waarom moet je over Karim beginnen nu ik net ja heb gezegd tegen mijn ouders...' Ze slikte een paar keer, haalde diep adem. 'Heeft hij écht geschreven?'

Karima knikte triomfantelijk.

'Hij heeft werk in Hollanda, in een kas.' En ze legde alles uit over de snijbloemen die 's nachts door moesten groeien omdat de Hollanders altijd haast hadden. 'Hij mist je echt,' voegde ze eraan toe. 'Hij vroeg naar je, of je al getrouwd was.'

'Echt waar?'

'Echt. Je mag zijn brief wel lezen als je wilt. Hij verdient heel veel geld. Gelukkig ben je nog niet officieel verloofd... tegen je ouders kun je nog wel zeggen dat je je vergist hebt. Dat je toch liever wilt trouwen met een man die in het buitenland werkt. Dat vinden ze vast wel goed, denk je ook niet?'

'Maar...' bracht Fatima uit, 'Karím! Ik weet niet of...'

'Hij is geen dief meer,' zei Karima met vurige wangen. 'Hij heeft een baan zeg ik toch! Hij is veranderd... hij was bijna dood geweest, weet je.'

Ze moest Fatima alles vertellen over de koude zee, over de Spaanse douane, over de honden die hem op zijn hielen zaten.

Daarna liet ze haar vriendin alleen. Als die van de verbazing bekomen was, zou ze vanzelf wel komen zeggen wat Karima wilde weten.

Toen ze de markt overstak, en luisterde naar het blaten van schapen, het schreeuwen van marktkooplieden, het geklepper van schoenpoetsers, het balken van ezels, het geschetter vanaf de moskee, het rammelen van een kar vol pannen en het gescheld van Dabouze, moest ze denken aan wat Karim geschreven had: dat al die geluiden samen klonken als muziek. Karima vond het maar een hels kabaal; kon het ergens nog lawaaieriger zijn? Ze snoof de lucht op van rottende groente en overrijp fruit, van aangebrand vlees en vis in de zon, van knoflook en mint en schapenkeutels en dieselolie en komijn en stof, en ze dacht aan zijn woorden: 'Het leven hier heeft geen geur'. Geur? Je kon het gerust stank noemen! Maar misschien werd alles van thuis mooier als je maar ver en lang genoeg weg was.

Tegen de avond keek ze toe hoe haar moeder de dikke stapel bankbiljetten opborg die Karima had gekregen op het postkantoor – precies zoals Karim had gezegd, alleen had ze het zonder oom Khalid kunnen klaren. Ze kon haar ogen er niet van afhouden, van dat geld dat betekende dat haar moeder niet meer zou hoeven wassen voor andere mensen, en dat Karima het baantje bij mevrouw Tang en haar enge man op zou kunnen zeggen, dat ze de kruidenier tevreden konden stellen, dat er een eind zou komen aan de angst dat ze hun huis uit zouden worden gezet, dat ze de stroom weer konden laten aansluiten en zelfs een nieuwe koe zouden kunnen kopen... En het allerbeste: dat Karima een vak zou kunnen leren! Terwijl ze toekeek hoe dat hele stapeltje toekomst in de la verdween, en ze de verse sardientjes rook die ze had kunnen kopen en die buiten op de zéro zachtjes gaar werden, voelde Karima opeens dat ze in het diepst van haar hart nooit echt getwijfeld had aan Karim. Natuurlijk had hij hen niet in de steek gelaten. Hij was toch haar broer!

Haar moeder trok haar tegen zich aan en knuffelde haar.

'Jij en je broer,' zei ze, 'maken mijn leven de moeite waard.' Voor het eerst sinds de dood van haar man zag ze er gelukkig uit.

Terwijl ze de afwas deed, gewoon bij het kraantje op de binnenplaats, en het zeepsop onder de poort naar de straat zag lopen, probeerde Karima aan Ayyoub te denken, hoe hij meteen na zijn thuiskomst naar haar op zoek was gegaan... Maar het gezicht van Karim schoof er steeds tussen. Ja, ze had hem gemist! Ze peinsde erover hoe eenzaam haar broer moest zijn, zonder zijn familie, slapend in de schuur van zijn Hollandse baas... Net zoals hun vader vroeger in de schuur van Khalid had geslapen, maar dát was tenminste thuis. Karim verlangde daar in de kou en de nattigheid naar zijn moeder en zijn zusje en zijn vrienden en naar Fatima, naar zijn eigen taal, zelfs naar de grimmige Dabouze en het armoedige Douar!

En Karima wou wel dat ze haar broer wat van de sardientjes kon sturen, en rijpe abrikozen, en zwarte olijven, en een stoofpot met de geur van de zon en de kruiden en het stof van hun land.

Eerder verscheen:

Brief uit Hollanda

De tweeling Karim en Karima heeft wel een vader, maar ze kennen hem eigenlijk niet. Want ze wonen in een dorpje in het Marokkaanse Rifgebergte, en hun vader woont in het verre Hollanda. Hij betaalt de huur voor hun huisje, zodat Karim naar school kan. Karima moet haar zieke moeder helpen.

Maar Karim vindt er niks aan op school. En Karima zou juist graag leren lezen! Karim droomt van rijkdom, Karima van de liefde. Dan komt uit Hollanda de brief die alles verandert...

Mohamed Sahli bracht zijn jeugd door in Marokko. Zijn herinneringen aan de lotgevallen van zijn vrienden in de Rif vormen de basis van dit verhaal, dat hij schreef samen met zijn vrouw Lydia Rood.